安达卢西亚的雨巷

张志雄 著

上海文化出版社

序

1991 年，我进入上海证券交易所工作，在《上海证券报》供职。证券类报刊最重要的办刊宗旨是引导股民理性投资和开拓市场。我怀抱文学编辑梦，却开始写市场评论和报道，进行功利性的写作，读书也读功利的书。这对我真正的读书生活来说是很大的消耗。直到 2006 年，我终于有足够多的时间和精力来弥补遗憾，开始疯狂读书；同时继续坚持写作训练，以锻炼自由表达能力、思维以及四十岁之后明显衰退的记忆力。

2009 年的一天，我坐在家里赏花喝茶，突然之间感到万分失落。"读万卷书，行万里路"，这句话不能分开讲。记得在我小的时候，上海人总喜欢说的一句话就是"开眼界"，意思是说多出去走走，看看世界。

此后，我开始把"走读"当成事业来做。这么多年来，我与朋友们结伴，已经深度游览了三十多个国家，包括法国、德国、意大利、日本、埃及、印度、尼泊尔，其中有的国家去了多次。我在旅行中观察和探索，把自己的见闻和思考记录下来，以游记的形式在网络平台上分享，后来又将这些文章陆续结集出版，并有幸受到读者喜爱。

走读于我而言是一场顽强的时空之旅，这个过程没有终点，而我乐此不疲。我去感受不同国家和地区的文化，探寻其起源和精髓，得到一些答案，又带着疑问再次出发。据说持续不断地学习，大脑机能自然会发生变化，也许这正是我能保持年轻状态的原因。至少，我的眼光变得很不一样了，这得益于多年走读经验带来的知识和鉴赏力的积累。

每完成一部"志雄走读"系列作品，我心中都充满了自信和再次出发的喜悦。时至今日，我写"志雄走读"系列已有十年。我自认为它们不仅仅是旅游书。如读者所见，这些书并不具有旅游指南的统一模式，这是因为书的内容和风格由我个人的乐趣主导。《安达卢西亚的雨巷》描述的是在西班牙的感观之旅，主要写建筑和美食，还有文化变迁的痕迹；《北欧彩虹》写得很快，正如人们总把北欧与"极简"概念联系起来，与西班牙的激情四射相比，北欧之行则有点"清淡"，却也有万千气象；《趣味新西兰》里既有这个"长白云之乡"的自然景致，也有它的人文景观，此外，对于喜爱冒险的人来说，它还是一个天然的游乐场。

我想表达的是，我们也许无法移居到称心如意的地方，但我们可以通过不断的走读来满足自己的一部分心愿。

最后感谢上海文化出版社领导以及各位编辑的热情帮助和支持，能让这三本书送到读者的手中。

张志雄

2022 年 1 月 11 日

目 录

CONTENTS

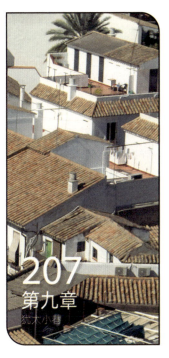

第一章
奎尔公园

1

2013 年的春节我就计划去西班牙，临了却被朋友麦克拖去印尼巴厘岛。2014 年春节终于如愿，还是与麦克一家。到了上海浦东机场，我们去英航服务台办票，竟然被告知由于没有英国签证，无法从伦敦转机去巴塞罗那——我们当初以为无非是转机，不必办签证。

由于买的是英航的特价票，两家人的机票费用退不了多少。最悬的是能不能买到其他航空公司去巴塞罗那的机票。我们在机场到处打听，最后在荷兰航空公司买到了全机场最后的 6 张全价票。我一直以为从上海出发，国际旅游很方便，这次还是感受到不能自由出行的困窘。

好在当天还是如愿抵达巴塞罗那。

这次游历西班牙的时间只有两周，不可能游完整个国家。我们的重点是南部的安达卢西亚自治区的塞维利亚、格拉纳达、科尔多瓦和马拉加四个城市。巴塞罗那来不及全部看完，分两次吧。最后一站的马德里索性只参观普拉多美术馆（Museo del Prado）。这也算为下次的西班牙之旅留下足够的空间。

如果我一个人去巴塞罗那，也许会首先满足自己的高迪梦想，尽情浏览他在当地的代表性建筑，最后顺道参观一下与高迪同时代的另一位杰出建筑师多梅内克（Lluís Domènech i Montaner）的作品，如圣十字及圣保罗医院（Hospital de la Santa Creu i Sant Pau）。但是两家人同去，还是面面俱到吧。所以这次只是精读了高迪的圣家堂和奎尔公园，巴特略之家（Casa Batlló）和米拉之家就留待下次。

2

1852 年 6 月 25 日，高迪出生于雷乌斯市。高迪后来认为他出生在离市区

4 公里的留多姆斯（Riudoms），他父母在那里有一幢小房子。日本漫画家、高迪的粉丝井上雄彦转述过一个好玩的考据，高迪的祖先是住在法国的森林之民，八代之前的祖辈越过比利牛斯山，来到西班牙。高迪的眼珠是蓝色的，因为住在森林里的人习惯于在阴暗的环境中生活，导致眼珠的颜色较浅，据说可以更清晰地分辨光影。至于日照强烈的地中海的居民，往往有不畏烈日的黑色眼珠。

高迪是最小的孩子，前面有 4 个哥哥姐姐。父亲是铜匠，母亲也出生在铜匠世家。据高迪晚年回忆，通过观看父亲在小工厂加工铜管，在没有草图的情况下塑造出各种形状，从平淡无奇的平面中创造出厚度和弯曲弧度，他学会了如何构建复杂的曲线和薄膜结构。这是高迪对自己的建筑特点的总结：他是以手艺取胜，而非以概念空间的思考见长。20 世纪的现代派建筑大师大多以后者取胜。

除了父亲之外，高迪的家人身体都不好，他的大哥和二姐分别在 2 岁和 4 岁时夭折，二哥自小看起来很强壮，经常背着他外出，但 1876 年从医学院毕业后突然去世。不久之后，他的母亲和大姐也相继去世。高迪自幼患有风湿症，病情严重的时候，甚至不使用拐杖就难以站立，无法与其他幼儿在街头玩耍，只能经常待在家里。为了锻炼身体，高迪养成了外出徒步旅行的习惯并一直保持到老年。

从巴塞罗那开车 30 分钟，就可以抵达高迪家乡附近的蒙瑟拉特山（Montserrat），意思是"锯齿山"。据说，高迪从小到老，都从这座高 1235 米的岩石山汲取大自然的智慧，然后应用到建筑形态上。不少人站在蒙瑟拉特山跟前，就会联想到圣家堂。

高迪与蒙瑟拉特山的确有缘分，蒙瑟拉特山的半山腰有一所建于 11 世纪的本笃会修道院，高迪在学生时代就接到修复修道院的委托，负责设计内部的祭坛。48岁时，他开始在修道院附近设计和雕刻"玫瑰经荣耀"纪念碑（Rosary of Montserrat），到63岁时才最后完工。

高迪很着迷于铜匠工作，下课后经常不回家，直接去父亲的作坊。但这时工业革命来临，工厂可以轻易生产相同规格的产品，父亲工坊里的主要产品，如酿酒器，已有工厂大批量生产且用铁制作。父亲把两个儿子送去学医和学建筑，明显是考虑到孩子们未来的前途，当时西班牙初级教育的就学率只有15%。当然，高迪在父亲的作坊中学到了对工匠的尊重，这为他后来领导团队、与工匠相处做了良好的铺垫。

在乌雷斯雕塑学校和巴塞罗那建筑学校，高迪不算是天资卓越的学生，他的天赋似乎没被学校认可。究其原因是高迪直觉上偏爱以触觉而不是以概念来理解事物，学校里的平面图、立面图和断面图让他厌烦。毕业时，建筑学校校长曾说："我们不知是把建筑师执照颁给了天才还是疯子，就让时间来告诉我们吧！"这可不是恭维。

1878年，高迪毕业，开了一家建筑师事务所，接了几个单子，其中之一是国王广场的两座路灯。国王广场是巴塞罗那唯一"围起来"的广场，高高的棕榈树，优雅的门廊，漂亮的喷泉，麦克的女儿和我的小儿在广场上与小狗赛跑，阳光灿烂。虽然不是晚上，事先也没有介绍过，我还是注意到了灯头像树枝的路灯。回到上海，查阅高迪的作品大全，一下子就认出了它。

就在这个阶段，高迪结识了自己生命

巴塞罗那国王广场

中的贵人奎尔先生和唯一的恋人佩皮塔（Josefa "Pepita" Moreu）。佩皮塔一头金发，身材高挑，是个漂亮前卫的女性。快30岁的高迪在工作中认识了佩皮塔，这时她正处于第一段婚姻的协议离婚期间。接下来的5年，每到星期日，高迪都会去佩皮塔的家中吃饭。佩皮塔终于成功离婚后，高迪向她求婚，但此时她已经另有所爱。佩皮塔的第二段婚姻也不幸福，导致后来有了第三段婚姻。

高迪受了很大的打击，他再也没有和其他女人恋爱过。这让有些人感到不可思议，说他后来变成了同性恋，但高迪的研究者否认这种说法。其实，我们如果对高迪执着的性格有所认知的话，就不会感到奇怪了。

3

高迪1878年认识了巴塞罗那人奎尔。奎尔先生的父亲是一位企业家，发迹于古巴，给儿子留下了一大笔遗产。奎尔妻子家族的资产也颇为雄厚，凭借着雄厚的资本，奎尔成为纺织业、水泥、烟草、银行、冶金和采矿等多个领域的商人，他经营着当时西班牙最大的纺织厂、阿斯兰水泥厂、菲律宾烟草公司、西班牙北部铁路公司和西班牙－殖民地银行。奎尔还跻身巴塞罗那和马德里政界，与当时的西班牙国王交好。他也是文学爱好者，尤喜欢诗歌集和小说。

1878 年，奎尔在巴黎世界博览会的西班牙展厅内发现了高迪设计的玻璃柜子，两人一见如故。从此，高迪为奎尔设计了多件作品。1883 年，奎尔委托高迪规划现今在巴塞罗那大学城区内的奎尔庄园（Güell Pavilions），但大部分已被后继者拆除，现在只剩下园区入口处的小屋、门房、马厩和训马场等。最著名的是铁门上的飞龙，是希腊神话中守护赫斯珀里得斯花园的巨龙的象征物。

1888 年，高迪在兰布拉大街（La Rambla）建造了奎尔宫（Palau Güell）。今天我们从外观看，奎尔宫朴实无华，实际上内部非常复杂壮观，可谓真正的低调奢华。1945 年，奎尔的子女以绝不拆除也不改变原貌为条件将其卖给了巴塞罗那省议会。1984 年，奎尔宫被列入世界文化遗产。

1895 年，高迪设计了地中海沿岸的奎尔酒庄，这是一座结合了家庭式住所、小教堂以及用来酿造葡萄酒的酒窖的多功能建筑。不同于高迪大多数建筑设计方案，奎尔酒庄使用灰色石灰岩的单一材质来装饰整幢建筑的外墙，与当地的自然景致融为一体。现在酒庄已经成为一家名为"加拉弗的高迪（Gaudí Garraf）"的豪华餐厅。

1908 年，高迪在远离巴塞罗那的设有厂房、员工住所及社交活动场所的奎尔纺织中心设计了一座教堂，方案极其大胆——冠以数个圆锥及抛物线形塔楼的双层教堂。1914 年，奎尔病危，由于奎尔的子女兴趣缺缺，高迪只建了一层教堂就挂冠而去。这件未完成的作品至今仍被视为高迪一生中和 20 世纪最重要的建筑之一。

4

奎尔先生在奎尔宫住了近 20 年后，于 1910 年搬入奎尔公园。

奎尔公园的前身是房地产项目，原是个规划有 60 户人家的小区。

相对于欧洲其他城市，巴塞罗那的工业化进程较缓慢。1840 年后，巴塞罗那的纺织业大量使用以煤炭为原料的蒸汽机。工业化开始突飞猛进，巴塞罗那发生了深刻的社会变革。大量农民工进城，导致老城区人满为患，新兴的企业家和富人在政治和经济方面追求更大的发言权和舒适的生活，巴塞罗那终于推翻了外墙，向原来由军事力量控制的周围地区拓展。像中国的许多城市出现了新城和旧城一样，巴塞罗那的新城被称为"扩展区"。但与世界上绝大多数的新城市不同，扩展区的规划很特别：一个"井"字形四方城区，街道宽敞，通风顺畅，由许多小六角形的街区组成，每个街区最初只能有两个侧面进行房屋建设。通过文字描述很难想象，若我们看到航拍照片，就会一目了然，它们像甜甜圈那样一排一排地竖立着，只不过大多是长方形的，个别是梯形的。

扩展区自然为巴塞罗那的建筑师提供了大量的机会，高迪当然也大展身手，他设计的奎尔公园就是其代表作之一。

1900 年，占地 15 公顷的奎尔公园在巴塞罗那一座海拔 150 米高的光秃秃的山丘上动工。奎尔先生不是普通的房地产商，他有着基督教和巴塞罗那所在的加泰罗尼亚地区的文化价值观，他数次前往当时工业化领先的英格兰研究新的城市化发展运动，比如城市应该为居民营造健康的生活氛围，让他们

奎尔公园正门　　　　　新颖的铁栅栏

远离工业社会的大规模发展、噪声和无处不在的污染。

　　我在十多年前就喜欢往上海的各种别墅小区跑，既然巴塞罗那有一个类似的城市化运动催生的奎尔公园，又是由高迪设计，我当然不愿错过。

5

　　奎尔公园有六个入口。正门的铁栅栏很新颖，采用了代表地中海风光的康乃馨和棕榈叶造型，原本是打算在这里设计有野鹿图案的大门，打开大门时，装饰图案就会隐藏于敞开的门后。还有一种说法是高迪计划在入口处设置一对机械羚羊，门开启时，羚羊会折叠起来。但是大门始终没建成，1965 年之前，只能用一些木制的栅栏作为屏障。

　　奎尔公园的外墙长 1.6 公里，因为地处崎岖不平的山丘，高度为 2 到 4 米不等，就地取材，全部采用当地自产的毛石，只有在正门两侧平直的墙壁上看到碎瓷装饰的红白相间的直线，直线上方是高迪所设计的圆盘状浮雕图案，碎马赛克组成了 "Park" 和 "Güell" 两个词，并在这段外墙上有规律地重复。红白是腓尼基军队的惯常用色，腓尼基人是征服包括巴塞罗那在内的加泰罗尼亚海岸的第一批殖民者。据说，高迪希望把奎尔公园打造成汪洋大海中的一艘无敌战舰。

奎尔公园内的蓝白格子尖塔

奎尔公园内景

马赛克字母雕刻

入口两侧有两座塔楼，一座是门房，另一座是公园管理处人员的宿舍。这两座标志性塔楼的造型十分夸张，用色也很大胆。有人猜测是仙女和巫婆的城堡，或者是两头在鞍座上驮着一座防御塔的大象，或者是食用蘑菇后所见到的幻象。最有可能的是，高迪的灵感来自于格林童话《糖果屋》，因为1901年前后，根据《糖果屋》改编的歌剧正在巴塞罗那上演，将其翻译成加泰罗尼亚文的正是高迪和奎尔的好朋友——知名诗人霍安·马拉加利（Joan Maragall）。

门房的蘑菇状尖顶是由倒扣的咖啡杯点缀的，据说是高迪以此来表示自己不再饮用咖啡。奎尔公园所有的蘑菇形状结构都是先用倒扣的咖啡杯做出斑点印记，然后建造而成。高迪的意思是咖啡对人体健康宛如"毒药"。然而，高迪是老烟枪，和他在一起工作的雕塑家曾说："香烟的烟雾弥漫，几乎看不清模型的模样。"41岁时，高迪经历了濒临死亡的断食体验，但在此期间，他仍然没有戒烟。直到50岁左右，高迪才断了烟瘾。

另一个管理处有一座蓝白色的尖塔，上面拼贴着棋盘式的方格图案，被认为是在向巴伐利亚国王路德维希二世致敬。10年前，我曾在《游走在时空边缘：我的环球文化之旅》中比较详细地讨论过这位"童话国王"。路德维希出生于1845年的慕尼黑，与高迪几乎是同时代人，19岁就当了国王。但他执政能力有限，又有叔叔等皇室成员从中作梗，最重要的是巴伐利亚的国王权力在19世纪已经很有限了，大权掌握在巴伐利亚议会的手中。要命的是，路德维希理想的君主模式是300年前的法国"太阳王"路易十四。路德维希41岁的时候被判定精神失常，由他的叔父担任摄政王。不久后，他和自己的医生被发现死于湖中。

路德维希二世在政治上逆潮流而动，在建筑上亦是如此，他不计成本，修建了多座宫殿，最有名的是新天鹅堡。直到20世纪60年代，新天鹅堡一

直被认为是庸俗和缺乏艺术价值的。但此后许多著名的艺术史家却对它刮目相看，认为它是欧洲建筑史上同类建筑的重要代表。过去，人们只是把新天鹅堡看作路德维希二世对中世纪城堡的模仿，没什么创新。而在今天看来，路德维希是把中世纪的完美理想体现在了新天鹅堡上。由于19世纪后期的建筑技术和资源要远远超过中世纪，新天鹅堡成为一朵展现梦幻王国的奇葩。

　　我在琢磨高迪的建筑时，确实会联想到路德维希和新天鹅堡。这次在奎尔公园中发现高迪与奎尔先生还真都是路德维希的"粉丝"，他们的理念和追求很相似，"一丘之貉"吧。

6

说是公园管理处或门房，它们的各种线条和内部功能都设计得很细腻，让我这个对建筑一知半解的人也感受到高迪和其团队的底蕴。比如，我们离开奎尔公园时已是傍晚，灯光从窗户的铁栅栏细细密密地透出来，柔美之至。一楼有家书店，走进去，到处是自然线条的造型，可以看到天花板上平行排列着宽大的曲线，让人想起一头巨大的动物胸前的纹路。

在公园主入口处，高迪设计了一个半圆形的广场，特别的是，高迪利用地势的高低起伏，在两侧用岩石建造了两处用作停车库的山洞空间，令人联想起中世纪的土牢。它们也被称作"大象"，仔细关注，可以辨别出大象的四条腿、腹部和象鼻。浦东芳甸路上有一幢喜马拉雅商厦，被认为是创新作品，可我看它底下的形态，怎么和这停车库如此相像呢？

高迪希望将通往公园高处的部分建造得不同凡响，为此设计了标志性的45级台阶和被称为"市场"的陶立克式百柱大厅。在石阶和周遭，处处是谜一样的象征性景物，极为醒目的是中央喷泉处的一个圆形浮雕，浮雕中间是红黄相间的加泰罗尼亚徽章，其上伸出一个蛇头。关于蛇，最有代表性的说法是它代表着健康，蛇杖是西方医学的象征，因此，奎尔公园最初很可能是以健康的居住环境为卖点进行营销的。事实上，公园附近的街区叫健康街，1913 年前后，奎尔先生也在这里出售据说是有药用价值的泉水，瓶子上印有石街和"市场"的照片以及"泉水，奎尔公园（健康居住区）"的字样。

台阶最上方的喷泉陶塑就是大名鼎鼎、五彩斑斓的蜥蜴（"高迪龙"），全长 2.4 米。高迪做出这个造型的办法真是别出心裁：他从一个较高的位置四肢朝下跳下来，落在一个金属网上，金属网本身就是图形的模板，多么顽皮的高迪。

"高迪龙" 喷泉雕塑

蛇头造型雕塑

高迪为何选择这个造型？有人说，这条龙实际上是一条蟒蛇，它捍卫着希腊德尔菲神庙（正好对应后面的百柱大厅）的一汪泉水，最终死于阿波罗箭下。还有一种说法是，龙其实是鳄鱼，法国尼姆市市徽上也有鳄鱼的图案，纪念罗马帝国曾征服埃及的历史，石阶两侧的棕榈树也是该市徽所用的图案。高迪曾在尼姆学习和生活过，使得这种说法有些可信。

高迪非常喜欢在自己的作品中运用爬行动物，我们在后面的圣家堂中还会看到各种各样的爬虫。

"高迪龙"有着实际的用途，可以为"市场"地下的蓄水池供水，然后聚集的水流从石阶下方的蛇口中喷出来，最后落在喷泉的碎石上。

7

"市场"的规划空间足够大，可以容纳一个集市，为社区内居民的生活

提供便利。这种商业配套措施是远离尘嚣的社区所必备的。但奎尔先生可能没想过，为 60 户人家提供的市场是否具有规模效应？至少从今天看，它不具备可操作性。

高迪对西方的古典建筑风格没什么兴趣，如果不是奎尔先生的坚持，"市场"不大可能被建成希腊风格的百柱大厅（86 根柱子）。奎尔先生一再表示要在社区打造雅典娜神庙般的和谐之美与阿波罗神殿般的平衡气氛，虽然百柱大厅成为高迪唯一的古典艺术风格作品，但他还是让合作伙伴朱约尔（Josep Maria Jujol）在天花板上制作了代表四季更替的 4 个太阳和代表月相变化周期的 14 个月亮，每个太阳都被 4 个月相围绕。这些图案在提醒大家，在奎尔公园市场内销售的蔬果得益于地球和月亮的运转。这些眼花缭乱的图案用大量的碎马赛克、玻璃碎片、盘子、杯子，甚至一些玩具娃娃来装饰，用拼贴画的方式结合在一起。多年之后，这种装饰方法给抽象派画家提供了灵感，1912 年，毕加索创作了世界上第一幅抽象拼贴画《藤椅静物》。当时，毕加索就住在兰布拉大街附近，虽然奎尔公园还没有对公众开放，但他一定看到过奎尔宫屋顶上方的 20 个以碎马赛克和其他材质装饰的烟囱。

高迪注意到奎尔公园用水困难，所以在百柱厅中做了文章。那些柱子的中间部分从上到下被打通，这样降落在上方广场的雨水直接流入百柱厅下方的 1200 立方米的蓄水池。高迪还在广场的地面铺了许多层石子，雨水被过滤后，不会有过多的沙石流入蓄水池内。天才！

8

奎尔公园的最精华之处是中央的大广场。公园要收费，却在大广场的入口查票，后门没有检票口，让后门进来的人回去补票。高迪想在这里设计一片希腊剧场式的空地，作为社区公共生活的核心区域。广场长 86 米，宽 43 米，呈椭圆形。广场的后半部在山坡上，是一座天然的圆形剧场，前半部就是百柱厅的顶部，设有造型和材质都很奇特的长椅，可以一睹巴塞罗那全景。

自广场启用以来，这里举办过加泰罗尼亚民间舞蹈大会、红十字会大型军乐队慈善义演、热气球升空、自行车比赛和汽车游行等活动，却没有高迪当初设想的戏剧表演。1909 年，为了在大广场上演出《俄狄浦斯王》，高迪设计了阶梯式看台，但加泰罗尼亚发生暴乱，演出被取消了，之后再也未能上演。

当初在上海阅读高迪，奎尔公园最吸引我的是 110 米的蛇行波浪长椅。这次前去，果然一见如故。高迪不仅是艺术家，也是工程师，他的设计往往兼具美观与实用性。如长椅是广场的栏杆、瞭望台、供人们休息之所以及引流雨水的渠道，高迪为了让人坐得舒适些，要求员工作为模特试坐，进行人

弯曲的彩色长椅

体工程学的研究。长椅的造型也分凸型椅和凹型椅，高迪将长椅分为长 1.5 米的小段，交替使用两种靠背，从正面看，构成了凹凸起伏的曲线。

当然，有了长椅上的碎瓷片、铺地细砖、瓶子和盘子的拼贴图案，它才成为 20 世纪最重要的作品之一，这是高迪的搭档朱约尔的绝活。高迪在 1884 年装饰奎尔庄园里的楼台式建筑时就第一次采用了碎马赛克图案，朱约尔则在奎尔公园将其发挥得淋漓尽致。

应该说，这种马赛克镶嵌手艺起源于西班牙的阿拉伯人，但高迪是第一位复兴它的现代大师。

下面是马赛克的制造步骤。

第一步，高迪和朱约尔去陶瓷厂获得各种各样的陶瓷废品，包括盘子、瓶子、杯子和瓦片等。他们选择的是釉面陶瓷，因为它们的色彩非常绚丽，表面光亮，可以增加装饰细节的光润效果。然后工人们将瓷器打碎，得到细小的碎片。

第二步，高迪和朱约尔请所有参加装修的操作工人将各类瓷器的碎片分类整理，根据形状、外观以及颜色放在不同的篮子里。

第三步，各种瓷器的碎片都被放在一个潮湿的槽子内，碎片之间留

独具匠心的马赛克拼贴

有一定的距离，为接缝剂预留空间，方便之后各种装饰图案快速、高效的封固。

我不厌其烦地罗列这些步骤，无非是想说明碎片的拼贴看似混乱随机，其实背后的过程是可控的，甚至是独具匠心的。其实，我们只要仔细看这些图案，就会发现它们可不是涂鸦，而是非常讲究和严谨。

细细看去，朱约尔他们在长椅外面多用棕榈树、星星和星座等图案，如双鱼座、天秤座、巨蟹座和射手座等。长椅内侧的颜色多采用蓝、绿、黄，代表信仰、希望和仁慈，基督教的象征元素还包括十字苦像与代表圣母玛利亚的玫瑰。

9

园区的道路设计大有讲究。我所住的小区还是李嘉诚开发的，道路暗伏危机，汽车从车库里出来，驶向大道之前的小道竟然有尖角露出，我的汽车轮胎内侧两次被刺破，而且当场报废，修补都不行。

100 年前的奎尔公园的内部交通系统却异常便捷且富于变化。我过去阅读奎尔公园，集中在上面的内容，所以来到现场，根本没法搞清几座高架桥的

彩色长椅上的图案

由来，以为是纯粹的游戏创作呢。回到上海，再读奎尔公园的几本视觉导游手册，才恍然大悟。

高迪的厉害之处在于他能在解决困难的工程问题的同时，还赋予它们独特的美学表现。奎尔公园处于地势陡峭的山坡，最大坡度达60度，有着长达3000米、四通八达的道路网络。高迪最大的创意是修建了三座和而不同的高架桥，上面可以穿行车辆，游人可以在桥下阴影处散步和行走。

一提及高架桥，我们就会想起城市中高架桥那丑陋呆板的造型。可是，我在高迪的高架桥下丝毫没有这种感觉，这是带有原始色彩的柱子的丛林，野趣横生，用岩石做成的贴面给石柱一种树木的外观。此外，高架桥的姿态也妙不可言，下方高架桥由两行斜柱支撑，弧线夸张；中部高架桥由三排粗糙的石柱及一个拱顶组成，模仿山洞中钟乳石的造型。类似的洞穴、岩架和空洞的树干造型设计在奎尔纺织村教堂（Church of Colònia Güell）中也有奇妙的表现。所以，高迪的同时代人这样评论他："不是一位房舍的建筑师，而是一位洞穴的建筑师；不是神殿的建筑师，而是森林的建筑师。"高架桥的两边并行摆放着27个直径1.6米的长方形巨型花盆，造型是高迪非常喜欢的棕榈树，花盆里种植的是黄边龙舌兰。

园区内，高迪设计了四种不同的道路：主干道、次干道、人行道和捷径。10米宽的罗莎里奥主干道，所有的道路几乎在同一个水平高度上，两旁加上了54颗石头做的装饰性大圆球，象征着天主教徒祷告时使用的念珠。据说高迪每日散步时都会用这些石头念珠诵经祷告，所以又被称作"念珠大道"。

10

回到上海后，我从当地出版的视觉指南中获知奎尔公园的另一个，也可

高架下的岩石柱很有设计感

岩石柱廊

步道

能是最大的象征系统。奎尔和高迪把这个社区设想成一座纷乱城市中充满美德、供人享受闲暇时光的小岛，它象征着天堂的纯净。奎尔公园的正门位于山脚下，是园区最低处，是高迪计划的净化之旅的起点，道路的终点位于园区最高的小山丘上、三座十字架的旁边。

我们当时看到了这座小山丘，也看见了十字架模糊的影子，可没有登上去。原来这里是一个史前文明的洞穴，高迪在小山丘上修建了一座用大石块搭建的、椭圆形实心坟冢，风格受到西班牙巴利阿里群岛（Balearic Islands）史前文明的影响，后者是特殊的丧葬文化，用干燥的石块修建成塔式建筑。高迪在上面安放了三个十字架，象征着耶稣的受难之地。其中的一个造型很特别，是三角形十字架。从特殊的角度看，三个十字架可以叠合成一个特殊的"六臂"十字架，也可以看作一个人的模样。在坟冢上，人们可以俯瞰整个奎尔公园，远眺巴塞罗那城市美景。

11

由于奎尔先生对园区的期待甚高，为此他制定了一系列十分苛刻的房屋购买条款，让潜在的买家望而却步，而大部分可能的主顾都是个性十足、我行我素的"土豪"。整个园区只有六分之一的土地可用于房屋建筑，禁止砍伐任何建筑空间以外的树木，车辆也不允许进入园区内部。最近的交通线路离园区有1公里步行路程，而且坡度很陡。加上1907年的西班牙经济萧条，奎尔公园作为房地产项目彻底失败了。1906至1908年间，奎尔公园里只有三户人家——奎尔先生、高迪和唯一的业主特利亚斯先生（高迪的好友，也是一名律师）。

现在公园内有高迪故居博物馆（Gaudí House Museum），由于奎尔公园里的房屋乏人问津，高迪在 1906 年前后用贷款买下了这座别墅，他和父亲与成为孤儿的侄女及保姆住在里面，但 93 岁的父亲住进去不久后就去世了。高迪则一直居住在这里，直到 1925 年搬入圣家堂的工作室。

巴塞罗那市政府倒是对奎尔公园青睐有加，1907 年就希望奎尔先生转让，成为市政公园，但被奎尔断然拒绝。15 年后，奎尔的后人才同意出售园区，唯一的条件是保留公园的原名。奎尔先生当年为了将园区打造成花园，用了英文"Park"一词，倒是和市政公园的名字很贴切。

1923 年，奎尔公园对外开放。当时市政府因为支付了昂贵的费用而遭到民众的质疑。公众一直没搞明白奎尔公园的价值。早在 1905 年，当地报纸就评论过马赛克的制作过程："太奇怪了！30 名工人在那儿不停地将瓷器砸碎，还有一些人重新将这些被打碎的瓷器拼起来。"

今天看来，巴塞罗那市政府极具眼光。虽然直到1985年，公园的修葺都很难说是符合高迪的精髓，但毕竟将其比较完整地保存了下来。有时想想，如果当初公园真成了一个成功的地产项目，我们今天还能感受高迪的原汁原味吗？

桥下的石柱

第二章
圣家堂

1

如果高迪的奎尔公园是一部长度适中的长篇小说，圣家堂就是普鲁斯特七卷本的《追忆似水年华》，我年轻的时候读了六卷，真是滋味多样，感觉绵绵无尽期。

19世纪，欧洲基督教遭受重创，曾经在西班牙强大无比的天主教也不例外，典型的事件是1836年制定的"充公法令"（*Ecclesiastical Confiscations of Mendizábal*），西班牙政府没收了教会数百年来积累的土地与财产，让教会陷入前所未有的经济危机。而工业革命的到来，导致部分西班牙人从农村走向城市，随生活的剧变而来的是信仰危机。天主教会凭着顽强而热情的传教活动，试图赢得数百万失去信仰的大众。创立于1866年的圣若瑟信徒协会（Spiritual Association of Devotees of St. Joseph），到1878年时已有50万名信众。协会的领导人也是宗教书籍出版商伯卡贝拉（Josep Maria Bocabella），他利用从忠实信徒那里募集来的款项在扩展区购得一块地，从1882年3月19日正式动工建造圣家堂。

圣家堂的第一位建筑师是比利亚尔（Francisco de Paula del Villar y Lozano），他完全是义务劳动，分文不取。但比利亚尔与伯卡贝拉和建筑技术顾问马托雷利（Joan Martorell）在建筑方案上产生争议，一年后辞职。马托雷利推荐自己的得意门生高迪继任建筑师的职位，当时高迪才31岁。

圣家堂很容易被误认为巴塞罗那的大教堂。其实，自中世纪以来，巴塞罗那在老城区内就有了一座宏伟的大教堂。圣家堂的全称是"神圣家族的赎罪殿"，神圣家族指的是耶稣、圣母玛利亚和圣若瑟，强调的是赎罪，希望加泰罗尼亚人乃至整个天主教世界都聚集在这里，为所谓的"现代性"赎罪。这颇契合高迪的信仰，1894年，高迪曾展开名为"40天的禁食"的行动，但在他身边的神父的劝说下，两个星期后便结束了禁食。

《巴塞隆纳：建筑的异想之城》的作者罗伯特·修斯评论道：

对高迪而言，与无情和毫不宽恕的上帝之间的忏悔关系正是其宗教信仰的核心，身为建筑师的他则以建筑来传达这种信念。教会想要展开的是一场新的反宗教改革，奠基在极端激化的崇拜奉献之上。高迪则将他的圣家堂视为达到此目的的手段，并期望这座阴郁的建筑能帮助"过度"的民众政治赎罪。

为此，高迪把43年的光阴奉献给了圣家堂，最后12年更是全身心投入。圣家堂像巴黎埃菲尔铁塔、伦敦圣保罗教堂和悉尼歌剧院那样，成了巴塞罗那无可争议的地标建筑，也是20世纪乃至21世纪最伟大的宗教建筑。

2010年11月7日，罗马教皇造访后，正式把此教堂作为神圣家族宗座圣殿。

2

高迪接手圣家堂时，地下祭坛已经开工一年之久。基督教发展早期，信徒受到迫害，殉教者的墓穴一般隐藏于地下。基督教合法之后，这些殉教者被封为圣人，同时也形成了在保存其遗体的墓穴上方兴建教堂的习俗，这就是哥特式教堂和罗马式教堂地下祭坛的来由。高迪对地下祭坛最大的贡献，是将传统的阴暗密闭且

圣家堂外墙上的爬行动物雕塑

天花板极低的空间改成宽阔、通风、采光良好的空间。1930 年，地下祭坛成为能够进行朝拜的所在，这种功能对于过往的如圣彼得大教堂等教堂的地下祭坛来说是很难想象的。按照惯例，高迪的墓地也在地下室内，位于主祭坛左侧的一座小圣堂内。

地下祭坛已经出现高迪的象征主义印记，可明显表现其风格的还是他独立主持修建的半圆形后殿。

相比新教，天主教本身比较热衷于对圣母玛利亚的崇拜，特别是 19 世纪中期，欧洲出现了崇拜圣母玛利亚的热潮，加上高迪自己儿时在家乡就对她抱有深厚的感情，所以把后殿的大部分空间献给了圣母。整个圣家堂有 6 座塔楼，其中一座就建于后殿所在的这一立面，高达 130 米，顶部装饰着相当古老的圣母玛利亚的标志——一颗启明星。

比较有意思的是半圆形后殿外墙上的雕塑——蜥蜴、青蛙、蜗牛和海螺等爬虫和两栖动物与启明星之间的互动关系，它们与中世纪的类似雕塑最大的不同在于前者是临摹大自然的真实形象，后者则多为凭空想象。在西方，自古以来，这些低等动物就象征着邪恶，所以它们在圣母玛利亚之塔顶部的启明星所发出的光芒下从墙上自上往下逃窜，在圣家堂大门口徘徊，不得进入堂内。

半圆形后殿上方的尖顶雕刻刻画了与基督教信仰有关的植物：麦穗、棕榈树枝、橄榄树、香柏树、雪松和薰衣草。麦穗代表耶稣给予圣徒的面包，而面包象征着耶稣的身体。

圣家堂外墙的爬行动物雕塑

当时的巴塞罗那社会流行悬疑和直觉体验类平民戏剧和侦探故事，聚会中流行玩猜谜游戏，这反映在高迪的建筑艺术中，我们在奎尔公园的景观中已经有所提及。圣家堂半圆形后殿的三角楣饰的上方也装饰着与神圣家族成员耶稣、玛利亚和若瑟的姓名有关的文字游戏，如耶稣姓名的第一个字母"J"被一顶荆棘制成的头冠团团围住，象征着耶稣在骷髅地受难；皇冠位于玛利亚的第一个字母"M"的上方，象征着玛利亚天地之母的特殊身份。

3

在传统的大教堂内，一般都会有一条回廊，置于主体建筑外部的其中一侧。可惜的是，圣家堂的第一任建筑师比利亚尔没有设计回廊，高迪接手时，作为建筑区块核心部位的地下祭坛已经动工，没有回廊式中庭的位置了。作为中世纪教堂的复兴者，高迪竟然推出一项革命性的方案，建造一条环绕圣家堂的总长240米的回廊。这样，圣家堂被包围起来，隔绝了外面街道的噪声，让堂内如修道院般置身于幽静之中。

从某种程度上说，奎尔公园外墙的设计灵感就是来自于圣家堂的回廊。

回廊有四个入口，高迪知道自己有生之年不可能完成所有的工作，但至少要留下一个回廊入口，这就是圣母玫瑰门（The Portal of the Rosary）。高迪的拱门带有两圈缘饰，上面的雕刻十分繁复，其中有数尊《旧约》中的人物，包括以撒、雅各、大卫和所罗门。拱门上方正中央的位置是玛利亚将耶稣呵护在怀中的圣母子形象，以石头雕刻的一朵朵盛开的玫瑰花为衬托。热情奔放的玫瑰不仅是圣母玛利亚的象征，也代表天主教徒祷告时所使用的《玫瑰经》以及念珠。

遗憾的是，圣母玫瑰门在西班牙内战的头几天就被摧毁了，门廊中的"男人的欲望"石雕似乎预示着这样的结局：魔鬼将炸弹递给一男子，引诱他犯罪。1893 年，有人在巴塞罗那的利塞乌大剧院（Gran Teatre del Liceu）投掷了两枚炸弹。这给予高迪灵感，创作了"男人的欲望"。1983 年，日本雕塑家外尾悦郎终于完成了圣母玫瑰门的修复工作。

4

传统大教堂的圣殿结构是仿效罗马的巴西利卡（Basilica），这种公共建筑的平面设计呈长方形，拥有三个或五个空间结构，最中间的天花板是最高的，在最高处还设有一座法官主持诉讼案所使用的主席台。公元 4 世纪，君士坦丁大帝改信基督教后，教堂采用了巴西利卡的空间结构，但有一个创举——被称为"十字形耳堂"的结构在建筑中间横切而过，象征着耶稣降临于此。这个教堂空间的基本样式一直流传至今。

高迪接手圣家堂后，曾考虑过挪动十字形耳堂的位置，但最终还是保留了传统的教堂样式。内部设计的灵感来自于巴塞罗那老城区著名的海之圣玛利亚教堂（Santa Maria del Mar），它与圣家堂一样，资金主要来自于普通百姓的捐款，被称为"人民的大教堂"，而圣家堂更有"穷人的大教堂"之称。

高迪舍弃了对教堂平面结构的改革，把创新思路留给了对垂直高度的追求。历史上，12 世纪出现的哥特式建筑是对罗马式教堂的一场革命。罗马式教堂的石头圆拱需要很厚的墙壁来支撑，因而不能开太大的窗户。但哥特式教堂把圆拱拉成尖拱，用扶壁、飞扶壁来加强柱子的支撑力。于是，它解放了墙壁上的大量空间，用来开辟色彩绚丽、高大透光的窗户。

圣家堂与哥特式教堂一脉相承，可高迪还想进一步突破和解放，创造一种无须在外墙添加扶壁支撑就可以托起建筑物本身的立柱。经过数十年的研究，高迪终于在去世的两年前（1924 年），通过对树木枝干自然生长方向的观察，获得了树状立柱结构的灵感。说得形象一些，高迪是把圣家堂的内殿幻化成一座巨大的森林。"每根柱子的下部为树干，往左右分出树枝来支撑拱顶以及顶棚，顶棚的结构仿佛是一层层的树叶，阳光从树梢的叶片之间轻轻地洒落下来。"（《神圣家族宗座圣殿视觉导览》，DOS DE ARTE Ediciones 出版社，2013）

结果，圣家堂的拱顶上能够开设许多大型的天窗，配合墙壁上所开凿的巨大窗洞，使象征耶稣降临的光线从四面八方照入教堂的内部。为了避免日光的直射，高迪在圣家堂顶棚的开口处覆盖了一种柔光镜，让光线变得柔和动人。

于是，圣家堂成为世界上第一座天然光线从拱顶洒下的教堂。2010 年 11 月 7 日，当罗马教皇走进圣家堂之际，太阳突然穿透云层，照亮整个室内空间，让见惯世面的教皇也惊诧不已。

5

老实说，我走进圣家堂的内殿，根本就没想到遇到的是如此大放异彩的"森林"。我出游海外，对大教堂还是比较上心的，渐渐地熟悉了教堂里的结构空间，所以一直觉得参观教堂还是很有心得和把握的。只有在圣家堂，感到眼花缭乱，顾此失彼，一时失去了行走的方向，对一些细节更是无暇恐怕也是无力琢磨。回来后，对照当地出版的视觉指南，我有些弄明白了，有些只是一知半解。比如，视觉指南介绍说："高迪特别设计出一种新型的玻璃窗花，以三原色的三片玻璃彼此覆盖重叠，调配制造出一种全新的色调。"我事后回想，没法确认当时被各种迷幻的色彩覆盖的究竟是哪种"全新的色调"。

相比之下，我对圣家堂著名的立面早有所准备，因此看得也更加真切些。

圣家堂穹顶

圣家堂内景

圣家堂有诞生（Nativity）、受难（Passion）和荣耀（Glory）三个立面。

关于诞生立面，高迪认为整个圣家堂不可能在短短一代人的时间内就修建完成，而是希望将已经完工的立面作为范本，让未来接替他们工作的世世代代能够由此受到激励，进而去追随精神奕奕的前人的步伐，将工程一直继续下去。

圣家堂如此追求浩大完美，势必像中世纪教堂那般进度缓慢，高迪对此是很清楚的。

位于圣家堂东面的诞生立面，工程历时 41 年，1935 年，高迪意外身亡十年后，终于完成了。它是高迪最后的遗作，也是圣家堂中最具有高迪个人色彩的作品。

诞生立面分成三座门，献给圣若瑟、耶稣和玛利亚。位于立面左侧献给圣若瑟的希望门是以高迪家乡附近的蒙瑟拉特山为背景，外形高挑，荒岩奇

石，上面的一系列水生植物和野生动物让人联想起尼罗河畔，当年希律王追杀婴孩耶稣，若瑟带着全家逃往埃及。希望门的正中是玛利亚与若瑟在大祭司的见证下正式结成连理的塑像，下方则有多幅关于耶稣早年的场景。最触目惊心的是一名手持长剑的罗马士兵正欲杀害手中的婴孩、而孩子的母亲正在奋力抢救的场面，在罗马士兵的脚边横躺着两个已被杀害的婴孩，士兵的一只脚竟然异于常人，长了六个脚趾。

希望门顶端的岩石下方放置了一条小船，由圣若瑟掌舵。小船象征着天主教的传播，它正通过一个山洞，黑暗景象象征若瑟逃往埃及一路上所遭遇的重重困难。小船上装饰着四件象征性事物：舵是控制小船驶向正确的港口；天棚上站立的鸽子代表神圣；锚代表着教会的坚固；信号灯代表的则是耶稣的话语。最有意思的是，圣若瑟的外貌与高迪极为相似，人们猜测，这是高迪去世后，工人们特别为纪念高迪而制作的。

圣家堂外墙细节

三座门之间用巨大的枣椰树造型的立柱隔开，上方的吹号天使宣布耶稣的诞生。有一只乌龟卧于柱础之上，这与中国传统石碑文化颇相似。

6

博爱门位于诞生立面的中央，也是规模最大的一个组成部分，人物雕像就有 33 尊，还有大量的植物、家禽与家畜的形象，其中的动物形象尤其可爱，有许多石雕鸟儿从博爱门廊内冲出，飞向四面八方。要知道它们都是由石头制作的，能如此动势十足，很不容易。还有那头圣母子的座骑——骡子，让我们联想到高迪不顾一切地取法自然。高迪将鸟儿和骡子麻醉，用石膏取下它们的模型。在前面所说的罗马士兵屠杀婴孩的石雕中，孩子的形象来自于夭折的婴孩（高迪征得圣十字医院修女的同意）。罗伯特·修斯说："更骇人的是，在一张以高迪的工作室为背景的老照片中，他的工作室看起来就像个藏尸所，或是《奥德赛》中那位独眼巨人兼吃人妖魔的可怕洞穴，每面墙壁上都挂着四肢和身体。"

博爱门的顶端装饰着所谓的生命之树石雕，特别的是，它们被染上了绿色。据考证，高迪曾考虑将圣家堂的所有立面染上颜色，从他的风格和个性看，这是完全有可能的。这只是高迪的一个设想，让我们看看完全上色的巨石会产生何种效果。绿色的生命之树周围还装饰着 21 只用雪花石制成的白鸽。在树的根部，则有一只休息的鹈鹕，传说中鹈鹕用自己的血来喂养雏鸟，这无疑象征着耶稣牺牲自己为人类赎罪。在耶路撒冷的"最后的晚餐"之地马可楼中也有类似的形象，当然没有圣家堂那般生动自然。

诞生立面最右侧的忠诚门是献给玛利亚的，但绝大多数场景都是关于其子耶稣的。接近门廊最下方的一个石雕很特别，它刻画了耶稣的心脏，外表

圣家堂外墙细节

被荆棘重重包围，一群嗜血蜜蜂贪婪地吮吸着耶稣心脏的血。这是自然主义风格的作品，体现了高迪对解剖的研究。

高迪还在门的顶端部分放置了一块象征神的秘密旨意的石雕：一只探出的手掌中出现了一只张开的眼睛，代表了神的权能，神不但能预知命运，并且能指引全世界以及人类的命运。

另一个很有意思的地方是，所有诞生立面的天使不像我们在西方绘画中经常看到的那样，他们是不带翅膀的。因为高迪认为天使是不能飞翔的，所以不愿用翅膀来表现他们。

7

高迪很早就在构思受难立面，但他担心自己所设想的阴暗的视觉形象会过分冲击大众的心灵，效果会适得其反，所以决定从气氛比较平和的诞生立面开始。1911 年，高迪染上了马耳他热，只得去比利牛斯山区环境清新的普奇塞达（Puigcerdá）养病，期间差点儿死亡，甚至立下了遗嘱。

高迪回到巴塞罗那后，将患病期间的种种经历转化为设计受难立面的思路。高迪承认，他的目的是要使观看受难立面的人们感到害怕，在他看来，或许有人会认为这座受难立面的外形设计过于荒诞诡异，但他所希望的是，通过这样一种明暗对比明显的画面，呈现出一种令人感到害怕、恐惧的氛围，进而达到震慑人心的效果。

1926 年 6 月 7 日下午，住在圣家堂工作室的高迪准备去附近的一家教堂做弥撒，被一辆电车撞倒。电车司机不知看没看到这位衣着随便的老人，反正是扬长而去。高迪就在马路上躺着，直到一位去做弥撒的女子发现了他，见他伤势严重，马上去拦出租车，但司机不愿让流浪汉似的高迪上车。高迪好不容易被送到医院，医生也以为高迪是个流浪汉，没好好抢救，将其转到专门收容穷人的医院里，三天后，高迪死去。

据说，高迪遗容安详，手里紧紧握着用白色手帕包裹着的耶稣受难十字架。

73岁的高迪死了，但对他精神的亵渎和对圣家堂的侵犯并没有结束。西班牙内战导致圣家堂损毁严重，工作室内的许多设计图和模型也不翼而飞。后来的设计灵感来自于高迪当年所留下的草稿，但高迪只是概述了立面的装饰细节，如何诠释与发挥还有待执行者自己领会。1986年至2005年间，前卫派雕刻家苏比拉克（Josep Maria Subirachs）担任受难立面上的12座雕刻群像的艺术总监，他仿效高迪，住进了圣家堂内一个简朴的房间，全力以赴。

相关的圣家堂视觉指南评论道：苏比拉克的雕塑作品具有强烈的个人风格，外形不但抽象且有棱有角，以简朴庄重的纯线条艺术传递出耶稣基督受难时深切的悲痛。

我的第一印象则是，这些人物像天外来客。

与诞生立面比较，为了表现耶稣遇难时所遭受的粗暴与残忍的对待，高迪设想的受难立面没有做任何美化，只是在一整面墙上设置了12组雕刻群像，呈现了12个场景：第一，最后的晚餐；第二，犹大之吻；第三，耶稣受鞭刑；第四，彼得三次不认主，并节选了著名的耶路撒冷"苦路"的内容，但顺序不对，个别还有出入；第五，对耶稣的审判；第六，耶稣受难；第七，维罗尼卡用手帕（一说是头巾）为耶稣擦脸；第八，朗基努斯的长矛，为确认耶稣已死，士兵朗基努斯用长矛刺中其身体；第九，以耶稣的长袍为赌注丢掷骰子的罗马士兵；第十，耶稣被钉十字架；第十一，耶稣死时，至圣所的幔子从上到下裂开；第十二，耶稣的墓穴。

整座受难立面的12组雕像排列成S形，从左下角开始到最右上角为止。

圣家堂柱厅

外墙由 6 根倾斜的大型石柱支撑，石柱的外表与红杉树干很相似，裸露直白。18 根骨状的柱子支撑着受难立面的三角门楣，骨头象征着死亡。与 1911 年高迪亲手绘制的草图相对比，今天的受难立面的外形布局可以说是亦步亦趋。

8

12 组雕像虽然略为抽象，可细节极为生动。例如，在客西马尼园（Gethsemane）内，彼得拿起刀剑割掉前来追捕耶稣的大祭司仆人的耳朵，而耳朵的形状竟然活生生地呈现在大家的眼前。叛徒犹大抱住耶稣亲吻，让仆人们认出耶稣，即所谓的"犹大之吻"；由于事情发生在深夜，因此苏比拉克采用了模糊不清的轮廓来表现黑暗中两人的身影。

彼得在天亮之前三次不认主是不少艺术家喜欢表现的题材。受难立面对彼得的形象处理得很成功，整个身体是蜷缩的状态，焦点在彼得的脸部，他垂垂老矣，因自己的懦弱不认主而自责，内心受尽折磨和煎熬。

第六组群像共出现了 17 个人物，其中一位四福音作者的头像是高迪的，其他人则配备了高迪的著名作品"米拉之家"的士兵烟囱的头盔，用来缅怀建造圣家堂的伟大建筑师。

最后一个立面——正在建造中的荣耀立面。1916 年，高迪根据荣耀立面的构思制作了一座按比例缩小的模型，为后来的建筑师提供了指导方向。西班牙内战开始后，这座模型毁于大火，今日虽然得到了局部恢复，但主要起作用的还是图片档案以及高迪与其多名助手的编年史。在高迪的设想中，荣耀立面有着不少创造性的构思，如立面的高塔顶端将是一片积云，上面写着"Credo"（代表《使徒信经》），字体熠熠生辉，从远处也能看见。

根据高迪的设计方案，荣耀立面有一个大型的平台连接露天台阶和圣殿，

受难立面的雕塑

平台上方两侧设置有数个托座的圣火台和能喷出极高水柱的圣水台。平台下方为一条供车辆行驶的地下通道。此外，预计露天台阶的前方有一大片绿意盎然的花园，让人们可以近距离地瞻仰荣耀立面。

圣家堂的视觉指南对荣耀立面有着更为详尽的介绍，但我毕竟还没有看到具体的细节，只能等待下次再看实景了。

9

到 2026 年，我们都应该去巴塞罗那看看，因为按计划，那是圣家堂的建造大功告成的时间，也是高迪去世 100 周年。届时我们不仅能看到荣耀立面及其周遭的景物，也能看到圣家堂的 6 座塔楼和 12 座钟楼，最高的耶稣之塔高达 172 米，最低的也有 98 米。那时，圣家堂会成为世界最高的宗教殿堂（德国的科隆大教堂是 157 米，梵蒂冈圣彼得大教堂是 137 米，巴黎圣母院是 69 米），超过自由女神像和伦敦的伊丽莎白塔。但为了不使人造的殿堂高过神造之物，高迪有意识地将圣家堂的高度设定为略低于巴塞罗那市

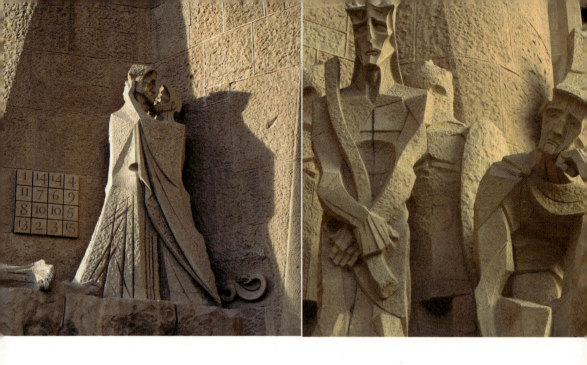

的最高山蒙锥山（Montjuïc）。高迪在有生之年只看到一座钟楼的竣工。

　　高迪的设想是："18座塔楼高耸入云，搭配创新的抛物线造型，可说是引力与光线最完美而和谐的结合体——在不久的未来，塔楼上方还将设置人工照明灯饰，所释放出的光线犹如由天空投射下来的自然光。"（《神圣家族宗座圣殿视觉导览》）

　　高迪为每一座钟楼的顶端设置了一个25米高的尖顶，用色彩斑斓的威尼斯彩色玻璃马赛克为饰面，马赛克强烈的反光让尖顶非常醒目，从远处也能望见它。耶稣之塔的最顶端是一个立体造型的四臂十字架，无论从哪个方向都能看见一个完整的十字架（这是我们在高迪的其他建筑设计中经常可以发现的手法）。

　　圣家堂的视觉指南没有告诉我们的是，四福音作者之塔顶部采用钛金属材料是否是高迪的主意。钛金属除了质地轻、抗腐蚀、能抵挡强风等优点外，还会随着光线改变颜色。

　　我知道圣家堂和高迪的故事最迟应该是在20世纪90年代，当时的舆论认为圣家堂的完工遥遥无期，在我有生之年是不可能看见它完工的。所以，这次去，竟然得知在我60岁的时候就能看到圣家堂的全貌，即便再拖个10年，我也才70岁啊。

　　中世纪的大教堂建设动辄几百年，没人觉得奇怪，只是到了近现代才觉得稀罕。2005年，就有经济学者从产业竞争的角度对当时大教堂何以建设得如此之慢作出了分析，大致观点如下：中世纪时期，欧洲经济尚未腾飞，封建贵族的庄园是经济的重心，但每年的剩余资源有限。当时的教会把持着土地、农庄等重要资源，所以对政治经济的影响也最大。为了维护教会的独占性特权，就把当地的剩余资源投入花数百年建造的教堂。这样做的好处有两点，其一，经济资源与劳动力在教会的掌控下，其政治、经济、宗教实力稳居第一；第二，如果其他宗教想在当地发展，将难以得到所需的各种资源来建造自己的

圣家堂的塔楼

教堂。上述说法看似有点道理，但仔细想想，还是无法解释圣家堂何以建造得如此缓慢。

任何建筑都受制于经济。奎尔公园最后没有实现高迪和奎尔的理想，就是因为它在商业上失败了。圣家堂也不例外，它的发起人圣若瑟信徒协会规定，教堂的建设主要靠捐款。第一任建筑师比利亚尔当年与协会领导人伯卡贝拉发生冲突，原因是比利亚尔坚持地下祭坛的墩柱应该使用坚固石块切割而成的块料来建造，但协会方较为担心的则是工程资金，他们认为在外层铺上石块，然后在内部填入砖石就足够了。正是担心资金被无端耗尽，协会与比利亚尔的合作才破裂了。

高迪接手后，其实也只能照着协会的预算来设计。但他很有运气，1889年，协会意外地收到一大笔捐款，让高迪和伯卡贝拉得以推翻原来极为保守的预案，朝着巨大的教堂规模前进。

为了让信众持续不断地捐款，不至于让圣家堂的建设中断，高迪在建造半圆形后殿后，没有按照常规的程序，而是选择先修建诞生立面，让捐款者更有感觉和信心。我们前面也说过，从高迪自己的兴趣出发，他更愿意先做受难立面，但为了不刺激观众，还是放弃了。

高迪的形象在很多传闻中都被刻画得十分孤傲。有一次，保守的米拉夫人罗瑟·塞希蒙（Roser Segimon）对高迪说她不喜欢他设计的米拉之家，高迪竟然回答说："我的设计不是为了讨好你！"1901年，奎尔先生的女儿伊莎贝拉（Isabel Güell i López）结婚，家人送她一架钢琴作为礼物，却进不了高迪装修的形状狭长的婚房。伊莎贝拉急着找高迪，高迪开玩笑地说："伊莎贝拉小姐，我建议你改拉小提琴得啦。"（《巴塞隆纳，不只高第》，缪思出版社，2013年）

我们也就当故事听听而已。高迪如果真对米拉夫人说过这话，只能说明她在家中没有任何地位，高迪要取悦的是她的丈夫。但假如高迪的作品连米拉也不喜欢，米拉之家就不会出现了。

伊莎贝拉不会喜欢高迪的玩笑，她的父亲支付奎尔公园建筑工人的薪水达14年，为了奎尔纺织中心教堂的"力学实验研究"，他甚至支付高迪、助手和建筑工人的薪水长达20年。没有这些支持，就没有高迪的成就以及圣家堂。但奎尔于1918年去世后，包括伊莎贝拉在内的子女再也没有赞助过高迪。

当然，高迪一生设计的作品，包括完成的、未完成的，以及与其他人合作的，总共有90件。奎尔毕竟是贵人，如果高迪不会迁就，不可能取得如此多的成果。

1956年，人们发现1908年高迪受美国两位企业家之托在曼哈顿筹建一所旅馆，他设计了前卫的抛物线状建筑主体，在四面加上附属的及具有维持平衡功能的建筑体，高度仅比帝国大厦低20米。如果高迪的计划实现的话，曼哈顿将会有一座多炫的建筑。至今也不知道何以未能实施。

这并不意味着高迪是个机会主义者，有人问高迪何时完工，他回答说："我的客户（天主）不急。"诞生立面的柱子下方有两只乌龟，高迪把海龟放在教堂靠海的一边，陆龟放在靠陆地的一边，乌龟慢慢跑，教堂慢慢建，总有到头的一天。

11

高迪去世后，他的作品遭到新艺术运动者的抨击。在西班牙内战中，圣家堂遭到冲击，附属的圣家堂学校彻底损毁，很是凄凉。还好，圣若瑟信徒协会在西班牙内战前就把一笔钱存在伦敦银行中，内战结束后得以重建圣家堂学校和受损严重的地下祭坛。20世纪50年代，高迪的建筑艺术地位再次得到承认，圣家堂继续建造。但据当事人回忆，在1985年前后，圣家堂陷入营建的低谷，当时的工程竟然是靠贷款维持的，负债累累，工作人员少得可怜，"只有一个工头、两个水泥匠、两个工人、一个制图师和一个秘书，没有国际知名度，没什么私人捐款，教堂只有半圆形后殿的矮墙、诞生立面和受难立面这三面墙，整个教堂不但还缺一面墙，内部更是空空荡荡的，连柱子、屋顶都没有"。

当然，现在高迪誉满全球，圣家堂顾客盈门，门票和捐款收入都相当不错，工程进展加快。又出现了另一种声音，认为后起的建筑太现代，与高迪的构想风马牛不相及。比如，有人认为，高迪如果在世，圣家堂的尖塔应该用砖瓦和石块砌成，今天的建材却改成了钢筋水泥。使用钢筋水泥，想做出曲面并不是什么难事。可是钢筋水泥有耐用年限的问题，触感也绝对比不上石块与砖瓦。

然而，这是误会。高迪在诞生立面上早就用上了钢筋水泥。高迪知道钢筋水泥不能持久，钢筋遇水泥氧化后会膨胀8倍，会把水泥撑开，所以他反复交代，屋顶绝对不能以钢筋为建材，只能用陶瓷和石材。后来人自然照办。

我们从上面的介绍可以知道，后继者至少95%以上是按照高迪的构思建造圣家堂的，并没有像有些人臆测的那样是自由发挥。

再举个《巴塞隆纳，不只高第》一书中所讲的例子。高迪为圣家堂考虑得很周详，比如电梯、换灯泡的细节，最上面的窗户要用透明玻璃，不能用彩色花玻璃，避免阳光洒下时扰乱拱顶的图案和颜色。但有些部分很难推测高迪的原意，高迪说某个地方要用蓝色、某个地方要用绿色、某个地方要用黄色，却没有精确地说出每种颜色的色调，因此后来人只能自己揣测。

如果以高迪是圣家堂的第一任建筑师算起，现在已经是第六代了。《巴塞隆纳，不只高第》中有对首席建筑师波内特（Jordi Bonet）的采访，高迪曾说，圣家堂的一切都是上帝的旨意。波内特认为高迪所言极是。

例如，教堂内部施工期间，他们从伊朗购买斑岩来建造柱子，结果竟有一块规格过大的斑岩跟订单不符。但他们发现，斑岩的尺寸与高迪设计的圣徒的尺寸几乎一模一样。于是，他们就用这块送错的斑岩来建造圣家堂的圣坛。

高迪在某些窗户的顶端以面包（无酵饼）和葡萄酒造型来代表圣餐礼。但是，高迪的1:10模型在内战时受损，后来只拼出"葡萄酒"的模型，建造团队只能自己设计"面包"的模型，可是他们接着就挖出了废墟内的模型，意外地解决了难题。

苏比拉克在荣耀立面的正门用加泰罗尼亚语刻了主祷文，另外用50种文字刻了经文中的一句话："赐给我们今天所需的饮粮。"完工后，苏比拉克与波内特商量，要在门上加个把手。波内特建议装在110厘米高的地方，结果无巧不成书，刚好在"CAIGUEM"（陷于）这个词上。于是苏比拉克利用I这个字母当门把，门把两边是A和G，刚好是高迪姓名的首字母。

圣家堂内景

第三章
兰布拉大街

1

到海外城市观光，我喜欢穿小巷，也喜欢走大道，如果有的话。

在自己的家乡上海，淮海路尤其是南京路应该算是大道。南京路很少去了，有天晚上在那附近吃饭，看着灯火通明的步行街，很是热闹。因为周日要去衡山路国际礼拜堂，经常路过淮海路，由于城市的空心化和区域化，淮海路有些冷清，失去了旧日的繁华。

美国洛杉矶没有我感兴趣的大道或大街。纽约第五大道确实不错，可以逛商场，也可以观赏一些有名的大厦和教堂。伦敦的几条商业街很棒，像摄政街，古典气息十分浓厚。法国的香榭丽舍大道大概是世界上最有名的大道，我 14 年前第一次去巴黎，将行李放在旅馆后，就坐地铁到凯旋门，然后行走在香榭丽舍大道上，看着周遭的景致，无比激动。今天看它，就冷静得多了，所谓不可无一，不必有二。香榭丽舍大道过于宽阔，车流和人流不容易平衡。学它的样子很不容易成功，比如浦东的世纪大道。

其实，巴黎的圣米歇尔大街（Boulevard Saint-Michel）才是大道的常态。我拿着指南，阅读着路边的店铺，很"认真"地走过一圈，真是韵味十足。可是，我在法国最留恋的是普罗旺斯地区埃克斯的米拉波大街（Cours Mirabeau），虽然旅游书上介绍过它，但亲身经历，还是很讶异。那天我们走在米拉波大街上，不像阅读圣米歇尔大街那般认真，相当放松，似乎感受到少年时代走在上海瑞金路、永嘉路和衡山路上的诗情画意。

最近，我读到阿兰·B.雅各布斯的《伟大的街道》，书里也提到了米拉波大街、圣米歇尔大街和摄政街等，于我心有戚戚焉。雅各布斯还提到了巴塞罗那的两条大道——兰布拉大街和格拉西亚大道（Passeig de Gràcia）。

格拉西亚大道有着高迪的不少印记，如公寓代表作巴特略之家和米拉之

巴塞罗那的路灯

家。人行道的六边形地砖也是高迪设计的，它们"彼此连接组成奇妙的三维图案，每一处都形成了各种漩涡或植物叶片的形式，共同形成了一幅更大面积的图案。地砖是一种柔和的蓝灰色，在阳光下闪烁发光，被打湿后看起来是蓝绿色的，赏心悦目，甚至让人感到在其上行走是一种殊荣"。

大道上还有高迪设计的环行长椅和街灯。在人行道沿线的许多街角点缀着长椅，街灯具有特别的趣味，"卷曲的植物呈现出一种错综复杂的风格，它用钢铁铸成，沿着街道中央绿化带的路缘石排列。这些灯具上挂着两盏灯：一盏挂得高高的，服务往来车辆；另一盏挂得较低，服务街上行人"。（《伟大的街道》，中国建筑工业出版社，2012 年）

2

雅各布斯用了整整一章介绍兰布拉大街，认为它是世界上最优秀街道竞争者。

兰布拉大街在原始的阿拉伯文里意为"河床"，也就是说它很早以前是一条河，有护城河和排水沟之作用。到了 18 世纪，臭气熏天的河流被垃圾和

巴特略之家

CASA BATLLÓ
GAUDÍ
BARCELONA

巴特略之家

俯瞰夏季的巴塞罗那街头

米拉之家

俯瞰兰布拉大街

排泄物所阻塞，只能被填成一条道路，最后才演变成大道。拿破仑三世当年改造巴黎老城区，一个主要的目的就是将小巷拓宽，革命者就不能利用它们来进行巷战。同样，兰布拉大道被设计成现代宽敞的模样，也不是为了服务大众和商业，而是政府为了在发生暴动和冲突时能有一条发射子弹的防御线。

兰布拉大街很长，也不直，从港口处的哥伦布雕像延伸至标志着 19 世纪城市扩建开端的加泰罗尼亚广场（Plaça de Catalunya）。"这条街道的设计思路非常明确，那就是为人们提供一个散步、会面、聊天的场所，它成功了。步行道非常宽阔，位于街道的中央，树木成为它两侧的屏障以及头顶上的华盖，它是人流汇集的中心，机动车通道则被推至步行道的两侧。这是一种反常规的做法，对于那些为街道建立了一整套指导方针的社会精英来说，这条街道不啻一种打击。它给人留下如此深刻的印象，以至于任何人都不能轻易忽视它。如果说有人——老人、年轻人，男人、女人，居民、观光客——去过巴塞罗那却不知道兰布拉大街，那是不可思议的事情，甚至完全不可理解。人们回忆起这条街道往往会充满感情。"

我们在巴塞罗那总共没待几天，却两次去了兰布拉大街。

兰布拉大街与我们上海的南京路步行街有所不同。南京路只是禁止车辆通行，让人行走。兰布拉大街是可以行车的，行车道是在非常宽阔的步行道的两侧，也就是说，行人如果要去两旁的商店，还是要过小马路的。但是，兰布拉大街确实克服了许多大马路令人望而生畏、车辆川流不息的弱点，很有亲和力。

兰布拉大街的步行道上有不少临时商店和货摊，有些类似上海的花鸟市场，除了旅游品之外，还出售五花八门的植物花卉种子和鸟类。罗伯特·修斯写了一段很好玩的话："街上还有许多卖鸟儿的商店，从金翅雀和叽叽喳喳的虎皮鹦鹉到巨嘴鸟，可以说是应有尽有。这些巨嘴鸟的鸟嘴有如巨大的军刀，在笼子里看起来可怜万状，以蛾为主食。常常会有亚马逊鹦鹉或罕见的红金刚鹦鹉逃离囚笼，像一道鲜亮如羽毛般的彗星掠过这座城市，加入其他鹦鹉的隐匿殖民地。这个隐匿的殖民地就是现在的城堡公园（Parc de la Ciutadella），不知有几个世代的鹦鹉在这个公园的树梢上潜伏、尖叫和拍动着翅膀。"

联想起我们上海的家，紧贴着世纪公园，可以看到不少漂亮的鸟儿在小区和自家花园里飞来飞去，很自在。不过，从没有见到鹦鹉。每次走进世纪公园，看见里面的鸟岛，就会想到那些鸟是不是到过我们家。小时候很感兴趣的一个问题是住在西郊动物园的人家会碰到哪些逃离的动物？对类似的报道也很感兴趣。

3

在兰布拉大街的步行道上，最吸引我的是两旁高大的伦敦悬铃木。我们知道，上海的街道，像瑞金路和永嘉路等都有所谓"法国梧桐"，其实是悬铃木，但它们的"身材"似乎比伦敦悬铃木小。我也是从《伟大的街道》中知道兰布拉大街上的大树叫伦敦悬铃木，不清楚它与法国梧桐的关系。

法国梧桐在夏天最美，绿树成荫，遮挡烈日，人走在树下，像行走在绿色的走廊中。但法国梧桐冬天树干赤裸，有些丑陋。巴塞罗那的冬天，兰布拉大街上的悬铃木仍充满生机，它们也没什么叶子，可枝干婀娜，朝着湛蓝的天空伸展，形态多姿多彩，真是美妙。在大街上，我忙不迭地拍了好些悬铃木的照片，然后发在微信朋友圈，朋友们赞不绝口。

《巴塞隆纳，不只高第》的作者王俪瑾是一个在西班牙担任导游的台湾人，她的书颇有深度旅游的意味。据她的介绍，兰布拉大街上的一些建筑和商店很值得看看。

从大街的上游出发，起点是卡纳雷特斯泉（Font de Canaletes），它的造型很别致，上面是路灯，下面是泉水。路灯是由 19 世纪市政府建筑师法尔凯斯（Pere Falqués）设计的，他的路灯作品遍及巴塞罗那。20 世纪 30 年代，泉水对面有家报社，每次巴塞罗那足球队到外地踢球，人们就聚在报社外等着比赛结果，只要一赢球，大家就在此庆祝。现在这家报社已经消失了，但到这里来聚集的习俗延续至今。据说，喝过这泉水的游客会爱上巴塞罗那，还会来这座城市。我没喝泉水，但一定会再来。

圣十字及圣保罗医院（以下简称"圣十字医院"）于 1401 年创建，由六家规模较小的医院合并而成，往后的 500 年，是巴塞罗那唯一的医院。医院经费来自捐款，不分贫富，接受所有的病患，抚养孤儿，发展医学事业，比如将剃头师傅训练成外科医生。国王授权医院接收没有子嗣和没有立遗嘱的人的遗产。塞万提斯在《堂吉诃德》中赞扬巴塞罗那是"穷人的收容所"。

圣十字医院还是巴塞罗那屈指可数的优秀哥特式建筑之一，有些像中国宅院里的多进式院落结构，由建筑群围出一些中庭和庭院。其中有个病人出院前住的疗养院，回廊环绕四方形中庭，由 16 世纪的贸易商费兰捐建。当年费兰因谣传——他的商船遭遇海难——而破产，他身无分文且病重时，亲友弃他于不顾，只有医院收留了他。费兰痊愈后，那艘商船奇迹般地

卡纳雷特斯泉

圣十字及圣保罗医院

回来了，于是他将所有的财产捐出，建造了疗养院。1926年6月7日，高迪被电车撞倒后，也是在这所专门收容穷人的医院里去世的。后来，圣十字医院迁到新址，旧址成了图书馆和研究院，可人们仍然可以进来参观漫步，喝杯咖啡。对于这一点，我很感慨，上海的老城区有不少旧时代的著名建筑，被研究和学术机构占用，是不容参观游览的。

总督夫人府（Virreina Palace），在没搞清楚之前，我从它的巴洛克立面的气派猜测是一家博物馆或大百货公司。它原来的主人阿马特（Manuel de Amat y Junyent）是18世纪西班牙派驻秘鲁的总督，在那里，他和年轻的名演员有个私生子，这则轶事为许多剧作家所津津乐道。阿马特1779年卸任后，在巴塞罗那有两处豪宅，一处就在兰布拉大街上。总督衣锦还乡，结识了侄子的未婚妻，她是贵族之女，比他小50岁。由于侄子悔婚，他自己娶了她。奇怪的是，因为她的家在马德里，举办婚礼时，由阿马特的哥哥代娶。婚后不到三年，阿马特死了，两座豪宅归妻子，于是总督府变成了总督夫人府。

雨伞之家（Casa dels Paraigües），与总督夫人府一样，我也是在中央的步行道隔着马路遥望它的，它的立面上冲出一条绿色的中国龙，嘴叼灯笼，还有一把大雨伞装饰转角。这座建于1858年的东方造型建筑在1883年装修，下面的店家是卖雨伞的，建筑师混合了当时盛行的加泰罗尼亚风格和东方风格。不过，我也就看看立面而已，对今天它是不是还在卖雨伞没什么兴趣。

4

我很想参观兰布拉大街上的利塞乌大剧院。1847年利塞乌开幕时，大剧院没有皇家包厢，因为建造经费不是由皇家赞助的，主顾是新兴的加泰罗尼

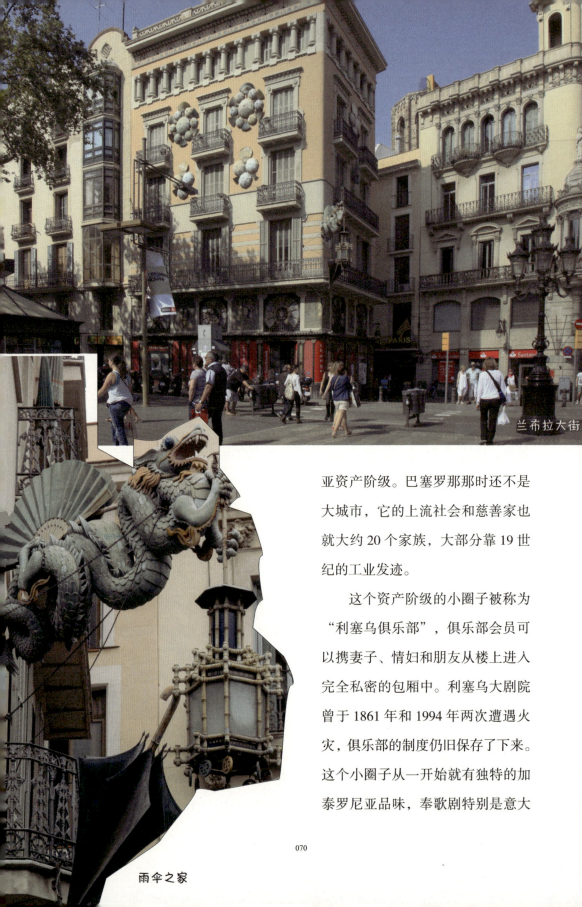

兰布拉大街

亚资产阶级。巴塞罗那那时还不是大城市，它的上流社会和慈善家也就大约 20 个家族，大部分靠 19 世纪的工业发迹。

这个资产阶级的小圈子被称为"利塞乌俱乐部"，俱乐部会员可以携妻子、情妇和朋友从楼上进入完全私密的包厢中。利塞乌大剧院曾于 1861 年和 1994 年两次遭遇火灾，俱乐部的制度仍旧保存了下来。这个小圈子从一开始就有独特的加泰罗尼亚品味，奉歌剧特别是意大

雨伞之家

兰布拉大街上的利塞乌大剧院

利歌剧为正宗，交响曲或乐器演奏等而下之。贝多芬1808年完成的《第五交响曲》被认为太吵，1881年才在这里上演。威尔第的《圣女贞德》却从1847年开始在大剧院演出，演了14年，直到歌剧院遭遇大火。

有个故事说的是，西班牙女高音卡巴叶（Montserrat Caballé）还是贫穷的年轻女工时，想上大剧院附属的音乐学院，却没钱支付学费。大剧院同意为她支付学费，条件是卡巴叶功成名就，要到大剧院演出。后来，卡巴叶不仅履行了诺言，回到大剧院演唱，还邀请其他歌唱家来这里，让利塞乌的风头盖过了马德里皇家歌剧院，成为世界上著名的歌剧院。

罗伯特·修斯评论道：

如今，巴塞隆纳可能没有任何地方的排他性比得上大剧院，这是延续自19世纪末期上流社会那份自鸣得意的优越感。

利塞乌大剧院内景

……一群有钱有闲的年轻新世代发现了利塞乌俱乐部的秘密，每晚将它挤得水泄不通，身边的女伴全都出身良好世家，这些女孩只要改变一下服装和化妆方式，便活像是从卡萨斯的画中走出来的美女。想成为会员，要等上数年之久。如今在巴塞隆纳，古老的事物不再被视为过气。

5

位于兰布拉大街最下游的是高 60 米的哥伦布纪念塔（Columbus Monument）。巴塞罗那市政府为了 1888 年的世博会，熔化了蒙锥山城堡（Montjuïc Castle）前的大炮，建成了这座世界上最大的哥伦布全身立像。纪念塔装饰繁复，但没有什么出彩的地方。同样是柱子底下的狮子雕塑，伦敦特拉法尔加广场（Trafalgar Square）上的纳尔逊纪念柱是威风凛凛，哥伦布纪念柱的狮子则有些萎靡不振。

容易造成误会的是，有人就此认为哥伦布从这里出海，或者说哥伦布手指新大陆。《巴塞隆纳，不只高第》纠正道：哥伦布是从南部出海的，发现新大陆返回西班牙后，才到巴塞罗那谒见西班牙天主教双王；哥伦布的手指的是巴塞罗那东南方的外岛马约卡。

在兰布拉大街另一端的加泰罗尼亚广场上，有圣家堂受难立面的雕刻家苏比拉克所竖立的蒙图利欧（Narcís Monturiol）的纪念碑，可能更有意思些。

要不是罗伯特·修斯的介绍，我也不知道加泰罗尼亚人蒙图利欧（1819—1885）发明了世界上第一艘采用"无空气推进"（AIP）技术的潜水艇，他的故事有种乌托邦的色彩，很感人。

19 世纪中叶，西班牙被卷入工业革命浪潮，巴塞罗那首当其冲，各种发明如潮水般涌来。蒙图利欧的兴趣在于潜水艇。在此之前，1801 年，美国发明家罗伯特·富尔顿建造了由手摇式推进器控制的"鹦鹉螺"号，该潜艇在海下潜水 160 英尺，历时 5 小时。蒙图利欧发明了引擎式潜艇。蒙图利欧的一号潜艇首先在巴塞罗那海港试潜，虽然下水的时间不长，但足以让他成为当地的名人。巴塞罗那的官员甚至承诺邀请西班牙女王伊莎贝拉二世（Isabella II of Spain）来观礼，但遭到海军高层的阻拦，没有成行。一号潜艇试验了 50 次，耗资 10 万比塞塔，蒙图利欧永远没能还清这笔债务。

蒙图利欧不在乎，他接着建造了二号艇，艇身长达 66 英尺，是一号的两倍。灵敏的化学反应引擎提供了航行所需的动力，完全不用空气，还能制造大量可供呼吸的氧气，使潜艇能潜行到 100 英尺以下并停留七个半小时之久。

二号艇示范潜水十多次，表现很完美，堪称当时最先进的潜艇。如果西班牙海军能对它发展改良，从而建立世界上第一支潜艇部队，接下来的 1898 年与美国海军之间决定性的马尼拉湾海战（Battle of Manila Bay），鹿死谁手，就很难说了。但是马德

哥伦布纪念塔

里的海军只送来赞美之辞，而不是合同或资金。巴塞罗那的工业大亨也是袖手旁观，只有媒体大肆报道二号潜水艇在海里寻找红珊瑚等行动。1868 年，蒙图利欧的债主们取消他赎回抵押品的权利，扣押了二号潜水艇，但它没有任何商业价值，只能惨遭解体出售。

蒙图利欧为之心碎，1885 年死于女婿家中。

蒙图利欧这时已被加泰罗尼亚人忘却，但他的名声早已远扬法国。19 世纪 60 年代，小说家凡尔纳的代表作《海底两万里》反映了蒙图利欧的梦想，小说里那艘超级潜水艇，自成一格，在大海中自由行驶，不受其他国家和各种恶势力的牵制。

6

与一般的城市指南不同，《巴塞隆纳：建筑的异想之城》给了我诸多启发，其中最重要的是，到了巴塞罗那，到了兰布拉大街，一定要去那里的布克利亚市场（La Boquería）。我们且看看罗伯特·修斯这个澳大利亚人有多喜爱布克利亚市场：

> 它是巴塞隆纳美食和每日食物的中心。市集的原址上有 16 世纪的圣约瑟修道院和 14 世纪的圣玛利亚教堂，后来都遭到拆毁，就算将我这个贪吃的无神论者吊死，我还是觉得跟这个大市场能提供的世俗快乐比起来，失去几座修道院也不可惜。

如此，我怎能错过布克利亚市场？顺便一说，我回到上海重读罗伯特·修斯，才发现他也是《新艺术的震撼》的作者。80 年代末，这本书曾让我兴奋不已，它可是我的现当代艺术启蒙书籍。20多年后，无意中又遇见修斯的《巴塞隆纳：建筑的异想之城》，还是偏爱，有缘啊。

7

我们头一次去布克利亚市场是周日中午，竟然关门了。于是第二天再去，总算看到熙熙攘攘的景象。

布克利亚市场于1840年启用，成为巴塞罗那城内的第一个菜市场。市场中间的环形鱼市则建于1911年。1914年完成了现在覆盖面积为6000平方米的钢铁顶盖，呈现加泰罗尼亚现代建筑风格。

市场正门入口处的招牌很吸引人，招牌上有一顶皇冠，有蝙蝠，这是古老的阿拉贡-加泰罗尼亚王国的纹章。传说"征服者"海梅一世（James I of Aragon）在征战瓦伦西亚时，一只蝙蝠在夜间飞进他的帐篷，惊醒了国王，让他迅速起身抵抗敌人的夜袭。所以，蝙蝠就出现在纹章中。

我对海外的菜市场也很感兴趣，毕竟是近距离观看当地人生活的方便路径，可真正去的不多。2004年春节在土耳其的伊斯坦布尔过大年夜，我们跟的是旅行团，同团的温州人很会烹饪，大家先去鱼市场，然后回到旅馆烧菜煮饭。因为旅馆的饭店就是旅行社老板开的，很方便，记得那天很开心，不过对鱼市场就没有什么印象了。2013年10月初，去耶路撒冷的中央菜市场，里面相当热闹，有点类似中东的集市。我们比较感兴趣的是各种小吃，可惜时间不多，没法逛得太久。耶路撒冷市场的特点是食品五颜六色，让人食指大动。

布克利亚市场比耶路撒冷的还要大，种类更加繁多，最大的不同当然是耶路撒冷市场缺乏包括猪肉在内的肉制品和海鲜，因为犹太教和伊斯兰教中人忌吃猪肉，耶路撒冷又地处内陆。

后来我们专门去了塞维利亚最大的市场，规模和格局比布克利亚小多了。

8

我在上海也很少上鱼市，在布克利亚市场上，更是分不清有多少种鱼。好在我关注了当地华人的公众号"西语学堂"，有一篇文章是关于西班牙海鲜的，用中文指导华人如何在菜市场买鱼。

鳕鱼：野生的深海鱼，肉质鲜嫩，脂肪含量低，可做汤、可煎、可炖。

大西洋鳕鱼："肤色"比鳕鱼偏黄，也肥一些，分布于北大西洋及北极圈海域，为高经济价值的食用鱼。

多宝鱼：这个大家都知道，只不过在西班牙俗称欧洲比目鱼。

鲈鱼：广泛分布于欧洲、西伯利亚的淡水流域，产期在3-8月间，立秋产的品质最好。烧法与中国一样，红烧、清蒸和糖醋。

金头鲷：栖息在海草床、沙底质海域，小群活动，属杂食性，以贝类、海草为食，可作为食用鱼和游钓鱼。烹饪方法有甜酸鲷鱼沙拉、咖喱鲷鱼片、萝卜炖鲷鱼、茄汁蒜香红鲷鱼等。其实，鲷鱼刺身也不错。

鲻目鱼：嘴小，腹鳍缩小或退化，胸鳍和尾鳍也时常如此，鳃孔很小，两只眼睛位置很近，很美味，可煎鱼片，包括中国式红烧鱼。

红鲻鱼：富含蛋白质、脂肪酸、维生素E、钙、镁等多种营养元素，肉质细嫩，味道鲜美，特别是冬至前的红鲻鱼，鱼体最为丰满，可清蒸、红烧和用剁椒蒸。

大比目鱼：许多海域都生产大比目鱼，但生活在海洋底部的大比目鱼，其肉质、味道、营养与生活在其他海域中的大比目鱼完全不同，可称为极品。

可做糖醋、酱烧和蔬菜汤。

地中海黄花鱼：大黄鱼，又名黄瓜鱼、黄花鱼，是著名的食用鱼类。

鲑鳟鱼：是鲑鱼和鳟鱼的统称。贴地而生的欧洲新鲜鲑鳟鱼，肥厚多脂，肉质柔软细腻，法国米其林厨师指定使用的野生鲑鳟鱼经低温烹调后，佐以松露增添香气。

鳀鱼：广泛分布于全球各海域，但主要集中在温暖水域，希腊、意大利、法国、土耳其和西班牙沿海经常捕捉得到。每年10月和来年3月是鳀鱼大量繁殖的季节，西班牙的酒吧和超市里常见。

至于三文鱼、金枪鱼和乌贼，不用多介绍了。

有位上海朋友在远洋轮上做过多年的厨师长，看了公众号上面的照片与信息，告诉我，除了鲑鳟鱼和鳀鱼，这些鱼上海都有，但有些很少见，只在几个市场里有。另外，与鳕鱼相比，大西洋鳕鱼的味道差多了。

从我们摘编的内容也可以看出，西班牙华人的生活仍然很具中国特色。

布克利亚市场内有几个小吃摊，这些摊位总是顾客盈门，一座难求，只能在一旁等候。我们点了一些海鲜，有几样弄不明白，正巧有位华人也在一旁吃饭，赶紧请教，结果味道不错。那位华人挺热情的，后来还过来推荐另一个菜肴。我们遇见的西班牙华人很少，有过交流的更少，这次印象最为深刻。

我们在塞维利亚市场也吃了顿午饭，以肉类为主，照样新鲜好吃。当然价格都不便宜。

我有种遐想，我们之所以觉得市场里的菜肴味道很不错，除了氛围合适，还可能是觉得厨师和老板能拿到菜市场里最新鲜优质的食材，有点"内幕交

布克利亚市场

丰富多彩的美食

易"的感觉。前面说的那位厨师长朋友认为我的偏见太深,因为欧洲在食品管理上很严格,他所在的远洋轮经常从欧洲的市场大量进口各种食材,极少见到假冒伪劣产品。

　　我最近买了一本书,作者曾在台湾的菜市场实习过。书里谈得最多的是食谱,也涉及鱼贩子是如何让鱼虾"新鲜"起来的,但闪烁其词。也就是说,一到涉及海鲜食材品质的时候,就顾左右而言他,或者制造情境,说顾客是多么多么刁蛮,对鱼老板不尊重。或者感慨毕竟是生意啊,鱼老板也要生活啦……毕竟作者还在这一行混,发些违心之言,还是他认为这一行就该如此,我不清楚。

9

走在兰布拉大街上，要进行中国式购物有些困难，倒是可以逛逛几家保持旧日装潢或格调的小店，如创始于1850年的居家用品店、1870年的甜品店、1889年的西班牙三明治店、1820年的衬衣裁缝店和有130年历史的乐谱店，它们不像伦敦商业街那些老店那样有名，可也令人肃然起敬。我们逛完前面提到过的有着高迪早年的街灯作品的国王广场（20世纪70年代，这里仍然荒凉不堪，任何一座颓败的宫殿都可以用很便宜的价格买下来，结果有人把它整体开发成美丽迷人的建筑群，房价大涨），麦克见旁边的一家药房出售适合他女儿戴的太阳眼镜，大家便走了进去。我一看里面的装潢，有百年以上历史，查阅《巴塞隆纳，不只高第》，果然有来历，是加泰罗尼亚地区的第一家草药房，1860年被西班牙伊莎贝拉女王选为御用草药房。"店里有一个水彩绘制的木制抽屉，跟传统中药房的抽屉很相似；还有一个以前存放水蛭的大理石喷泉，喷泉顶端是瑞典自然学者卡尔·冯·林奈的雕像。"（《巴塞隆纳，不只高第》）这家药店被电影《香水》选为拍摄场地。想象在草药房演绎离奇的故事，有些神往。

其实，这附近就是巴塞罗那最古老的哥特区（Ciutat Vella），这里留存着不少古罗马帝国和中世纪的遗迹。参观大教堂是固定的目标，其他时间我们就在弯弯曲曲、斑驳陆离的巷子里漫步。哥特区与旁边的兰布拉大街完全是两个空间，因为后者道路宽广，有规可循。

不仅是巴塞罗那，我们之后去的格拉纳达、马拉加、科尔多瓦和塞维利亚，每个城市都有一座"cathedral"，即主教座堂，或称大教堂。巴塞罗那大教堂由国王和贵族出钱兴建，标志着当年这个城市的权势和财富。

巴塞罗那大教堂的全名是"圣十字和圣尤拉莉亚大教堂"（Cathedral of

the Holy Cross and Saint Eulalia）。放鹅姑娘尤拉莉亚出生于公元 290 年，从小就是个基督徒。当时罗马皇帝戴克里先颁布迫害基督徒的法令，住在巴塞罗那近郊的她才 13 岁，因拒绝否认上帝的存在，她被恼羞成怒的罗马执政官关入牢里，遭受 13 种酷刑，于公元 303 年 2 月 12 日被处决。其中一种酷刑据说是把赤裸的她关进满是跳蚤的鸡窝里，从此相传 2 月 12 日那天，巴塞罗那的跳蚤大而且凶。

另有传言说，尤拉莉亚被钉在十字架上，突下大雪，把她赤裸的身子埋在白雪之下。自此之后，巴塞罗那在 2 月 12 日那天从不下雪。

基督徒得胜后，尤拉莉亚被封圣，而且成了巴塞罗那第一个守护圣人，她的圣骨埋葬在巴塞罗那大教堂的圣坛之下，大教堂也以她的名字命名。今天教堂回廊中间的花园里养着 13 只鹅，也是对 13 岁殉教的她的纪念。

中世纪，英格兰的嘉德勋章是最高级别的骑士勋章。1430 年，勃艮第公爵以嘉德骑士团为典范创立了金羊毛骑士团。1506 年，身兼神圣罗马帝国皇帝和西班牙国王的查理五世（卡洛斯一世）继承了勃艮第大公的爵位，金羊毛骑士团也并入神圣罗马帝国。他们的成员人数有限制，创立时是 24 人，1516 年为 50 人。金羊毛骑士团拥有很大的特权，1519 年，查理五世以金羊毛骑士团领主的身份在巴塞罗那大教堂召开骑士团会议，今天大教堂的圣歌队席的座椅椅背上都有不同的纹章，是骑士团成员所属皇家贵族的家徽。

大教堂还有一个特别之处，它用实物记录了中世纪巴塞罗那同业公会的显赫。由于公会的头面人物大力捐款修建大教堂，他们死后也埋葬在教堂里，今天在回廊的地上可以看到许多木匠、鞋匠、裁缝匠等的盾牌、徽章和旗帜。《巴塞隆纳，不只高第》的解说很有意思："据说，葬于此的工匠希望他们的坟墓能被万人践踏，以净化他们，表达了他们赎罪和谦逊之心。"

在大教堂的周遭，我们仍能观察到当年同业公会与工匠的蛛丝马迹，如大教堂靠近主教街外墙的石头上有几个刻痕，它们是石匠和监工的签名，凭此可以辨认各自的成果，拿取工资。在差不多的地方的墙角上，有一条155.5厘米长的刻痕，叫"cana"，是巴塞罗那中世纪的长度单位。这是当时的巴塞罗那百人议会为了保证集市交易公平而制定的度量衡，让买卖双方随时可以检查。

我很喜欢注意这些细节，它极形象地反映了当年商业社会的真实境况，比抽象的文献描述生动，也很耐人寻味。

10

我这次没有仔细考察高迪时代另一位伟大的巴塞罗那建筑师多梅内克。大教堂附近的巴塞罗那市档案馆原来是巴塞罗那律师协会总部，门口有多梅内克设计的带有律师协会标志与七叶常春藤的长方形信箱，上面还有五只燕子和一只乌龟的图案，其中燕子代表正义与自由，常春藤叶子代表官僚程序的复杂，乌龟表示正义最终将会以龟速降临。确实够幽默的。

午后，我们在主教堂前的广场吃完西班牙小食，懒懒散散地在附近闲逛，走近圣斐理伯·内利广场，看见一座教堂，外墙上有许多弹孔。1938年1月30日，西班牙内战期间，一颗炸弹投中这里，造成80多人死亡，而且大部分是在修道院避难的小孩。可若没人介绍，大家不会觉得这是弹孔，只是破损的墙壁而已，既没有任何铭牌说明，也不修复，就这么祖露着，有意味。

高迪被电车撞倒前正是要去这座教堂，最后却未能如愿。

广场上有一家咖啡店，我们走累了，便在大树下喝一杯。不时有音乐人

巴塞罗那大教堂外景

走到大墙根唱一首歌，弹一曲，然后到我们面前取点小费，走开。旁桌有位妇人，眼光很执着地看着我们刚才在布克利亚市场买来的零食，我们让她分享，她显得很高兴。

阳光照在我们的身上，音乐人走了，很寂静，猛然想起这里也是电影《香水》的拍摄地之一。

11

如果不是罗伯特·修斯充满激情的叙述，我是不可能特意去海岸区附近的海之圣玛利亚教堂的。与西班牙各大城市都有的主教座堂相比，海之圣玛利亚教堂的特点就是我们在叙述圣家堂时提到过的，是"穷人的教堂"，圣家堂的内部格局也来自它。

修斯写道：

它坚实方正、厚重挺直，绝非一般纤细的哥特式建筑。……但在西班牙境内，没有比这座教堂更为壮丽的建筑了。……反教权主义者和无政府主义者……在内战期间，将长板凳、木制雕像、忏悔堂，甚至不协调的巴洛克主

巴塞罗那大教堂一角

祭坛拆下，在本堂内堆起一座大木丘，然后放火燃烧。大火燃烧了十一天……但令人惊讶的是，教堂并没有因此而坍塌，骨架依然屹立。而这些骨架是如此的美丽，以致没有人会对损失的那些装饰品感到遗憾。

海之圣玛利亚教堂建于 14 世纪，当时巴塞罗那是重要的商港和军港，越来越多的人靠海生活，为了祈求安全回家，他们希望圣母保佑，于是出钱出力建造了这座教堂，和福建、台湾等地的妈祖庙很相似。

小说《海上大教堂》就描写了当年的港口搬运工在没有货船靠岸的情况下，是如何来到海之圣玛利亚教堂工作的。

12

同样，若不是罗伯特·修斯大力讴歌海之圣玛利亚教堂附近靠近海港的巴塞罗那交易所，我可能都不会朝它多看一眼。

巴塞罗那交易所被称作"市场"（La Llotja），指的是 14 世纪以来法国南方和西班牙东北部贸易活动鼎盛时代的货栈和商品交易所。交易所建于 1380 年到 1392 年之间，与海上大教堂类似，建于当地多灾多难之时。1333 年，加泰罗尼亚的小麦歉收，导致约 1 万人——城中四分之一的市民被活活饿死。接着，1348 年，黑死病暴发，巴塞罗那市政府几乎不能运作，五位委员中死了四位。可巴塞罗那人仍然在黑死病没有消停的时候大兴土木。

这反映了巴塞罗那作为一个贸易都市有着不可抑止的商业冲动，就其商业帝国而言，无论是从威尼斯到贝鲁特，从马拉加到君士坦丁堡，还是从法马古斯塔到的黎

长方形信箱

海之圣玛利亚教堂外景

波里，抑或是从蒙彼利埃到开罗，没有其他国家拥有如此庞大的网络。

在当时，没有一个中古国家对贸易的价值观像 14 世纪的加泰罗尼亚那般直接和坦率，一直到 19 世纪的英国，才出现了类似的对中产阶级和金钱的歌颂。作为"贸易的教堂"，交易所的建筑形式就是在肯定中产阶级的价值观。

修斯认为，交易所虽然是哥特式建筑，却不像 14 世纪的英法哥特式建筑那样直冲云霄，相反，加泰罗尼亚人看重宽度，从中可以获得一种安全感和成就感。

这是中产阶级的本性使然。

以上有关建筑与阶级联系的分析究竟有多少是合乎理性的，我无法判断。可我在当地阅读和行走，能感受到巴塞罗那的商贸性、海洋性与中产阶级的本质，这与上海很契合。

第四章
阿尔汉布拉宫（上）

1

从巴塞罗那到格拉纳达，我原本计划坐火车去，大概需要 13 个半小时。同行的朋友麦克研究后，说这不靠谱，还是乘飞机吧。乘飞机当然快，但差点也不靠谱，机长说，由于格拉纳达风太大，我们可能要降落在马拉加，然后坐车去格拉纳达。还好，飞机最后还是平安降落在格拉纳达。

格拉纳达和阿尔汉布拉宫是我向往已久的地方，看过不少视频资料，也读过美国早期散文名家华盛顿·欧文（Washington Irving）的书，似乎已经很熟悉了。去之前，却发现包括格拉纳达在内的安达卢西亚的历史错综复杂，尤其是涉及伊斯兰文明融入的那段历史，让我有些应接不暇。我在年轻的时候就琢磨过伊斯兰文明的历史，可总是理解不透。等我在安达卢西亚走了一圈之后，更觉得无法回避这些历史的沉淀。下面我试着梳理一下安达卢西亚的简史，其实大部分也是西班牙的历史。

西班牙位于伊比利亚半岛，从公元前 11 世纪开始成为先进发达的地中海东岸的文明古国的殖民地，殖民者首先是腓尼基人（还记得奎尔公园的腓尼基式红白外墙吗？），然后是希腊人和迦太基人。

公元前 218 年，罗马人来到伊比利亚半岛攻击迦太基人，然后将伊比利亚半岛收入囊中。西班牙不仅为罗马帝国贡献了农产品和矿藏，这里也是两位杰出的罗马皇帝和多位著名的罗马作家的出生地。

西哥特人是罗马帝国境外的莱茵河以东、多瑙河以北的日耳曼蛮族的一个部落，他们被更北面的匈奴袭击，在公元 376 年越过多瑙河入侵罗马帝国。公元 410 年，西哥特人掠夺罗马城六天六夜。但西罗马帝国在公元 476 年才真正亡国。

西哥特人占领了高卢南部和伊比利亚半岛，在那里建立了自己的王国，早在他们入侵罗马帝国之前，就已经接受了基督教信仰。公元 567 年，现在马德里附近的托莱多（Toledo）被定为王国的都城。

公元 661 年，阿拉伯帝国第一个世袭王朝倭马亚王朝建立，首都为大马士革，继承人必须出自倭马亚家族。

就像特洛伊战争和唐王朝的安史之乱，表面上是海伦与杨贵妃惹的祸。传说西哥特国王罗德里格看见朱利安伯爵（Count Julian）的女儿弗洛琳达（Florinda la Cava）在河里洗澡，便抢走了她。朱利安本来就对罗德里格不满，于是与国王的敌人联合起来意欲反叛。

这就给半岛对岸的北非阿拉伯人以可乘之机。北非总督穆萨·伊本·努赛尔（Musa ibn Nusayr）派部将塔里克率 7000 名柏柏尔人（Berbers）攻入西班牙。柏柏尔人是皈依伊斯兰教的北非民族。公元 711 年 7 月 9 日，西哥特人与柏柏尔人在安达卢西亚的瓜达莱特河口激战，罗德里格骑着一匹白马驰骋沙场。夜幕降临，西哥特人战败，罗德里格失踪，人们发现他的白马陷进泥坑，不远处有一只银线半统靴。

柏柏尔人接连攻占塞维利亚和科尔多瓦，直抵都城托莱多。让·德科拉（Jean Descola）在《西班牙史》中指出，西班牙的犹太人反水，让柏柏尔人轻易攻陷了托莱多。

原因是犹太人在西哥特王国受到排斥，或者说被教会排斥。到了702年，西哥特人下令没收犹太人的财产，让他们充当奴隶算作纳税，还禁止他们嫁娶。等到阿拉伯人一来，犹太人将他们视为解放者，帮助他们打败了西哥特人。

2

然而，阿拉伯人全面占领西班牙的进程并不顺利，基督徒在北部成立了不少抵抗中心，最有名的卡斯蒂利亚王国和阿拉贡王国都是在这时初具雏形的。"卡斯蒂利亚"是城堡的意思，当时有不少城堡形成防线，与阿拉伯人对峙。

阿拉伯人也有自己的困难，一方面他们要提防前不久加入的盟友柏柏尔人，另一方面则面临改朝换代的危机。

公元747年，波斯奴隶阿布·穆斯林（Abu Muslim）对倭马亚王朝树起反旗，在750年推翻倭马亚王朝，建立阿拔斯王朝，定都巴格达。

西班牙很特别，被阿拔斯王朝赶出大马士革的倭马亚家族中人阿卜杜·拉赫曼一世（Abd al-Rahman Ⅰ）避难于安达卢西亚，在公元756年夺取了科尔多瓦，建立了自己的酋长国，但不敢自称哈里发。公元929年，他的第7代传人阿卜杜·拉赫曼三世终于自封哈里发，建立王国。

10世纪的所谓"阿拉伯人的西班牙"成分很复杂，主要有中东的阿拉伯人和柏柏尔人，统称摩尔人（Moors）。

11世纪的西班牙，一系列天主教国家相继组成联邦，其势力从西北向东北延伸，渐渐指向中央，出现转守为攻的势头。而科尔多瓦的哈里发于1031年被废黜，科尔多瓦哈里发王国分裂成数十个小国，塞维利亚、格拉纳达、托莱多和萨拉戈萨是其中最强大的王国。

12世纪，在柏柏尔人建立的穆瓦希德王朝（al-Muwaḥḥidūn），以塞维利亚为中心的伊斯兰文化蓬勃发展。可惜好景不长，穆瓦希德王朝在基督教王国的围攻和权力斗争下内外交困。1248年，塞维利亚被天主教国家占领。

于是，摩尔人的土地缩小为仅占安达卢西亚一半的格拉纳达，阿尔汉布拉宫为纳斯瑞德王朝的王宫。

上面只是我们前往格拉纳达之前勾勒的历史，许多细节等我们说到科尔多瓦和塞维利亚时再充实。

两年前，我选择西班牙的各种旅店时，就记住了"格拉纳达国营旅馆"（Parador de Granada）。当时没明白为什么叫"国营旅馆"，就联想到中国的"国营"。但我从介绍中得知，它是由15世纪的修道院改造的，而且是在阿尔汉布拉宫里！后面这一点最让我心驰神往——有限的旅游经验告诉我，到一个城市，必须住在它的市中心，无论价格多么贵，都值得，因为你走进走出，就能一览最繁华的市容和最精彩的景点。我们这次去西班牙，在科尔多瓦和塞维利亚都住在大教堂或市中心，能最大程度地体会它们的精华。在巴塞罗那时，我们应该住在老城区或者说哥特区，但麦克一时失误，将高迪的圣家堂看成大教堂，以为那里是市中心，其实它在扩展区。我们租住的是民宿，房间很宽敞，足够我们两家人吃住，而且自制早餐乃至晚餐，很有趣。可就是走出来是现代化的居民楼，晚上也不能在周围闲逛，不能尽情感受巴塞罗那老城区的味道。

到一处风景名胜，也要尽可能住在景区里。我们第一次去美国的约塞米

旅馆庭院　　　　　　　　　　　　　旅馆内景

蒂国家公园（或译作优胜美地公园），就是在外围定的宾馆，出来进去要两个小时左右，无法在公园里尽兴。后来我们去黄石公园、大蒂顿公园和大峡谷，说什么也要住在景区里。我们去的时候正值夏天，是黄石公园的旺季，酒店实在难订，尤其是老实人客栈，一屋难求，更何况我们要订三间房。我特意请同事不断刷新老实人客栈的网站，等待其他人退房，经过一个多月的耐心等待，终于如愿以偿。

由于我们去阿尔汉布拉宫时是淡季，倒是不费吹灰之力订到了房间。如果在夏天，不仅房间稀缺，房价可能也要贵一倍吧。

我们傍晚到达格拉纳达之后，在机场附近的酒店住了一晚，第二天早上去逛格拉纳达的大教堂等景点及城市街道，黄昏时分开车来到阿尔汉布拉宫，住进了格拉纳达国营旅馆。

当然，我在此之前已经明白西班牙特有的国营旅馆都叫"帕拉多尔"（Parador）。西班牙20世纪初的国王阿方索十三世（Alfonso XIII）大力振兴旅游业，有人首先想到在风景及文化环境俱佳的地方建酒店。1928年，国王亲自挑选的距离马德里往西几个小时路程的格雷多斯国营旅馆（Parador de Gredos）开业，它坐落于松树林、岩石和水流之间，是往常皇家狩猎和放松的所在。

旅馆走廊

从旅馆内看远处风景

旅馆内景致

旅馆内景致

没想到一发而不可收，连锁"帕拉多尔"就此在西班牙铺开来，现在已有近百家，地点包括城堡、修道院和阿拉伯式堡垒，乃至马德里过去的一座女子监狱。孤独星球出版的西班牙指南竟然设计了一个"帕拉多尔之旅"。不过，除非是旅店迷，否则谁也不会这么旅行吧。

　　我们所住的格拉纳达国营旅馆可能是"帕拉多尔"中首屈一指的，美国的约翰逊总统、英国女王伊丽莎白和西班牙的独裁者佛朗哥都曾在此下榻，美国女明星格蕾斯·凯利与摩纳哥亲王兰尼埃三世在蜜月旅行时也住过这里。旅馆的格局是传统修道院式的，有庭院，有回廊，还保留了祷告室等古迹。极少有人介绍的是，卡斯蒂利亚王国女王伊莎贝拉一世在其陵寝永久迁到格拉纳达的王室礼拜堂之前曾经被安葬在这里，但昔日安葬她的厅堂仅存拱顶部分，与其他现代建筑物融为一体。格拉纳达国营旅馆古典的朴素静美与现代的感性明快兼而有之，推开窗户，眼前便是阿尔汉布拉宫的树丛。从宾馆的正门走出去，就是昔日的皇家大街，晚上昏暗的灯光下，周遭静极了，给阿尔汉布拉宫供水的水渠从地底下穿过，旁边是旧日的房舍、宫殿及小浴场等。住在修道院旅馆的两个晚上，我经常漫步其间，想象几百年来这里曾经及可能发生的事情，真是有些陶醉。

　　1829年，46岁的华盛顿·欧文来到如废墟般的阿尔汉布拉宫，当时唯一保存完好的就是1495年的方济各会修道院（也就是现在的旅店），他在这里住了几个月，感叹道：

　　我很小的时候……这座城市就成为我魂牵梦萦的地方……难道我的梦想就此变成了现实？我几乎不敢相信自己的确住在波阿迪尔的宫殿里，还可以站在他的露台上俯视高贵的格拉纳达。当我徜徉在那些东方风情的房间里的时候，当我倾听着井水的轻语与夜莺的歌声的时候，当我闻着玫瑰的芬芳、感受着香脂的氛围的时候，我几乎认为自己走进了穆罕默德的天堂……（《阿尔罕伯拉》，上海文艺出版社，2008 年）

除了最后一句话（因为我不熟悉穆罕默德的天堂），欧文说出了我徘徊在深夜的阿尔汉布拉宫门口的感受。

可惜的是，华盛顿·欧文离开六年后的 1835 年，政府将修士赶出修道院，这里成了废墟，直到 1929 年才被修复。西班牙内战期间，修道院成了医院，直到 1942 年，才变成国营旅馆。我们经常说中国的近现代史复杂多变，西班牙也不简单啊。

格拉纳达国营酒店餐厅的水准相当不错，白天也有游客在导游的带领下，在酒店的庭院和其他古迹走走，可大家都很安静，从不嘈杂。

我们去距离格拉纳达两个小时车程的马拉加，也想按部就班，订了马拉加的灯塔城堡上的国营旅馆。可是除了能一睹马拉加的全景外，它没有任何特别之处，与格拉纳达完全是两个水平。尤其是刚从格拉纳达出来，眼睛养刁了，看马拉加的国营旅馆，处处简陋。看来，独占一块风水宝地并不是国营旅馆最大的竞争力，还要看旅馆自身的底蕴和品味。

4

当代墨西哥人卡洛斯·富恩特斯（Carlos Fuentes）是我很喜欢的作家，他写有一本关于西班牙语世界历史的随笔集《被埋葬的镜子：对西班牙和新世界的反思》，书中如此概括阿尔汉布拉宫：

……一群来自沙漠的游牧民族在此定居下来，他们决定建造一个花园，而这个花园的美丽将是世界上独一无二的。他们仿佛听到了来自上天的指示，"在这里，在火炬之光中建造一座宫殿，并将它命名为阿尔汉布拉"，也就是"红色城堡"的意思。

或许只有来自沙漠的民族才能创造出这样一个特殊的水与影的世外桃源：依次排列的门与塔、房间与庭院，赋予阿尔汉布拉既孤单又超然的氛围，好像这个世界上所有的乐趣都汇聚到了这里，用手、用眼睛……

阿尔汉布拉宫和奥斯曼帝国的托普卡帕宫（Topkapi Palace）是保留至今的两座中世纪的阿拉伯式宫殿，它们有一个相似之处，就是更多的依靠位置和风景，而不是依靠雄伟壮观的建筑来吸引人。托普卡帕宫的背景就是伊斯坦布尔的金角湾（Golden Horn）、博斯普鲁斯海峡（Bosporus Strait）与马尔马拉海（Marmara），位置得天独厚。阿尔汉布拉宫的背景是白雪皑皑的内华达山脉，它建造在一个不规则的三角形丘陵上，最高点在海拔 700 米之上。

在欣赏华美的宫殿前，我们应该明白阿尔汉布拉宫首先是历代军事据点，在公元 860 年时纯粹是个要塞，当然现在没有任何痕迹了。今天能看到的阿尔汉布拉宫的最古老的建筑是"堡垒"（Alcazaba，出自阿拉伯语），后来的宫殿则是从 14 世纪初开始建造。另外，阿尔汉布拉宫虽然被称为"红色堡垒"，它其实是白色的，格拉纳达当地出版的《漫步阿尔汉布拉宫》说它"以其洁白闪亮的外观著称，背倚着内华达山脉，犹如一道强光，照进赫内拉里菲宫的花园平台"。一种流行的说法是当时建造围墙时是连夜施工，烛火通明，墙上映着红光，因而得名。

由威严的塔楼和城墙包围起来的堡垒像是皇城内的一个独立小镇，里面住的部队规模不大，却是精锐。它的地理位置十分优越，便于观察和控制山脚下的城镇和区域。堡垒位于阿尔汉布拉宫所在山丘一个很长的突出的山坡上，当年，包括这里在内的城墙外围只是一片光秃秃的土地，没有栽种任何植物。不是说住在阿尔汉布拉宫里的统治者不懂树木郁郁葱葱之美，而是为了服务于军事目标，易于防守和监视敌人。

坦率地说，堡垒是阿尔汉布拉宫最无情趣的地方，可我还是愿意走走，琢磨一番。原因是比起那些浪漫凄美甚至残酷凶暴的传说，军事设施更能反映当年的社会生态。

堡垒遗迹中还有当年关押重要囚犯的地牢。在与天主教王国交战的最后10年内，格拉纳达王朝抓获的天主教军队的高级官员甚至王室成员具有极大的交换价值，必须直接由最精锐的部队看守。

站在巨大的方形的守卫塔上可以俯瞰整个格拉纳达，远眺内华达山脉，美不胜收。塔楼上有一座著名的钟，天主教王国占领这里后，几百年来成为格拉纳达居民的精神象征，影响日常生活的节奏，它在每天的特殊时刻和重要的纪念日都会敲响。有首民谣吟唱道：我想在格拉纳达生活，只为了就寝前，可以聆听，守望塔上的钟声。

每年特殊的日子里，一些年轻的单身姑娘为了觅得好人家，会前来敲钟。塔楼上的游人很少，一群美国女孩摆出青春可爱的姿势，让小伙子拍照。其中有个女孩长得很美，我在游历美国的时候很少见到这样的女孩。

5

阿尔汉布拉宫的地形像极了一艘船，船头是守望塔和城堡，靠近船尾的是国营旅馆，原来的格拉纳达老皇宫在船的右侧，正中央是后来的查理五世宫。

阿尔汉布拉宫的堡垒遗迹

现在的老皇宫只剩下梅苏亚尔宫（Mexuar）、科玛莱斯宫（Palacio de Comares）和狮子庭院（Palacio de los Leones），据说当年总共有7座宫殿，国营旅馆的旧址也是宫殿。可我没看到最早的宫殿复原图，只是觉得今天的布局很奇怪。

更奇怪的是今天我们进入阿尔汉布拉宫的正义之门（Puerta de la Justicia）。按常识，一般宫廷的大门总是气派非凡，所谓的"门面"嘛，尽管当地的旅游指南形容正义之门巍峨、宏伟、庄严，可在我看来它只是一座矩形塔楼，很局促，但确实易于防卫。进去后一看，果然是机关重重，是极具军事防卫作用的所在，每个角落都是抵抗敌人的防御点。

正义之门有两道马蹄形拱门，是世界各地的伊斯兰国家建筑最明显的特征。第一道拱门上方雕刻着一只大手，象征会带来好运的避邪物或护身符，《漫步阿尔汉布拉宫》解释说，摊开的手掌有五根手指，指的是伊斯兰教五功。

第二座较小的拱门上方刻有一把钥匙，象征权势，很可能是格拉纳达旧王朝的标志，在其他入口处也有类似的钥匙。孩子们一定爱听的传说则是，很久以前，这座华丽的宫殿里面住着一位阿拉伯占星师，他对一个金发碧眼的女囚念了咒语。天哪，这个咒语将会生效，到时候，有只手会拿走那把钥匙，阿尔汉布拉宫将随之消失。

不要以为此类传说幼稚，我们现在不是也被各种稀奇古怪的末世论所搅扰，甚至信以为真吗？

除了正义之门外，阿尔汉布拉宫的葡萄酒大门（Puerta del Vino）、石榴门（Puerta de las Granadas）等大门也很有名，葡萄酒大门因当时人们在门内贩卖免税酒而得名，可我最欣赏的是石榴门旁石碑上的一段文字：

纵然墙桓踪影荡然无存，然而回忆永恒，仿佛艺术与梦幻之栖身殿堂。

阿尔汉布拉宫的正义之门

查理五世宮内部

查理五世宫

查理五世宫的细节

世上仅存的那只夜莺，织作巢穴未曾停止。听！正献唱天籁，在阿尔汉布拉宫辉煌的断垣残壁中，吟唱着告别之歌。（《漫步阿尔汉布拉宫》，EDILUX出版社，2011年）

进入正义之门后，迎面就是蓄水池广场，蓄水池中有大量清澈的水。好几个世纪以来，卖水人用驴子把这里的水运送到格拉纳达城内让居民饮用。传说有一个叫贝雷喜的卖水人在广场的水井旁救了一个伤势严重的摩尔人并把他送回家，摩尔人给了他一张奇特的羊皮纸和一支怪异的蜡烛，贝雷喜靠着这两样东西，在七层门的地下通道内发现了巨额宝藏。

6

老皇宫的首站是梅苏亚尔宫，宫内最古老的建筑，优素福一世和他的儿子穆罕默德五世统治时期重新修建，作为皇家司法审理单位。但现在究竟有多少是原貌，原貌如何，没人说得清楚。典型的是它的马丘卡庭院（Court of Machuca），得名于查理五世宫的建筑师佩德罗·马丘卡（Pedro Machuca），与老皇宫无关。梅苏亚尔的天花板的暗色调应该为原貌，现在看上去还是相当有冲击力。

屋内昔日的铭文倒是能想起一二，如穆罕默德五世的"不要做一个粗心大意的人，请进来祈祷"；另一句是"进来请愿，不要畏惧祈求正义，此地会还你公道"。

我们进入梅苏亚尔宫后，开始感受到老皇宫建筑结构的不拘一格，进一步深入后大有迷宫之感。我最熟悉的是故宫式的中轴对称的形式，如伊斯坦布尔的托普卡帕宫；也适应了欧洲宫殿，如凡尔赛宫的套路，沿着走廊一直走下去,参观一间又一间房。有人把阿尔汉布拉宫的迷宫式格局和装饰称为"天方夜谭式的",随意发挥,人们所有的观感都被缤纷的色彩、香味、光线和无限的想象所占据。马库斯·海特斯坦主编的《伊斯兰:艺术与建筑》对此有一个学究式的但不失感性的解释,阿尔汉布拉宫的"动态之美大概是根据阿拉伯文明的摇篮——帐篷而来,居民们围绕着中间的露天圈聚集在狭窄的空间里,环绕着这主要的帐篷,更多的帐篷无序地被搭建起来,这样就形成了一片营地。阿尔汉布拉宫的建设不同程度地遵循了这个原则:只要墙内有足够的空间,建筑物就相互叠加或交错"。

如果为真,这也是格拉纳达穆斯林的主动追求。9世纪阿拔斯王朝的都城萨迈拉(Samarra)的宫殿就是轴线性布局,后面的奥斯曼帝国托普卡帕宫也是如此。

梅芳亚尔宫内景

梅苏亚尔宫外的庭院

柱子上的雕刻细节

从桃金娘庭院的一边眺望对面的科玛莱斯宫

7

迎面而来的科玛莱斯宫的立面也让我叹为观止，《漫步阿尔汉布拉宫》对它的描述是"墙面雕饰工整对称，由下往上的植物花纹层层叠叠，整齐而有条理"。我们不必身临其境，只要看到如波斯地毯般多彩细致的立面照片，就会感叹这是何等的"层层叠叠"啊。我不怪作者的文笔，因为自己也无法描述，这面墙的设计者就是要让人只有惊叹的份。

屋檐突出了木雕技术的细腻超群，被认为是西班牙穆斯林最杰出的作品。尽管曾经的金黄色基本褪去，仍然显得宏伟大气。因为实在出挑，有的专家甚至认为它"作为正墙，其面积太大且技巧又十分费时繁复，其整体组成与宫内的小庭院相比，视觉上是那么的不协调"（《漫步阿尔汉布拉宫》），所以它原本位于其他地方。反正，巧夺天工的墙面是为了纪念穆罕默德五世1368 年赢得的一场胜利。

8

科玛莱斯宫的桃金娘庭院在当时一定会让观者惊艳。桃金娘又称爱神木，是一种四季常青、芬芳馥郁的植物，种植在水池两旁。桃金娘庭院的水池是一面大型水镜，阿拉伯诗人称之为"海洋"，周遭的建筑物反映在水面上，仿佛是一座漂浮在水上的宫殿。印度的泰姬陵将水镜发扬光大。我至今对泰姬陵前的水镜回味不已，所以对这里的没感到惊奇。其实，这个技术早就已经在全世界应用了，大家已无新鲜感。

一位哲学家的描述很美："水是阿尔汉布拉宫神奇的生命源泉，促进园内繁茂植物的孕育，滋养灌木百花齐放；倚靠在旁的优雅门廊，身影倒映池中，流水潺潺，水珠闪烁，皇家厅堂小渠流贯。小河流经花园的美景，反映

《古兰经》里天堂的景象。"（《漫步阿尔汉布拉宫》）

桃金娘庭院两旁的拼花瓷砖应属中古世纪的遗物，它们是一种由小块瓷砖镶嵌而成的手工艺作品，曾在安达卢西亚流行，现已失传，可邻国摩洛哥仍然有所承袭。这些拼花瓷砖有两大特征，一是具有重复性与韵律感，大多重复交织、无限延伸，并隐喻着永恒。二是善用数学公式，例如：对称分布、交替运用与除法、乘法的使用。拼花瓷砖在阿尔汉布拉宫广泛使用，使之成为一座巧妙的几何艺术博物馆。以桃金娘庭院的瓷砖为例，它们以三角螺旋状为主，并加入星形和六角形。"星形与六角形表面，突显三角形螺旋状图。同一组元素的多种组合。图案的绝妙、多变和创新，与水体的易变性有着异曲同工之妙。"（《漫步阿尔汉布拉宫》）

拼花瓷砖含有深奥的数学原理，很久以前就吸引了许多艺术家和研究员对之进行研究。荷兰画家埃舍尔在 20 世纪 30 年代就对它们进行了一系列视觉实验。

9

科玛莱斯宫是格拉纳达国王处理朝政和举行政治与外交活动的所在，想象一下，一些外交使节或贵宾在桃金娘庭院的水镜前如痴如醉后，先进入的是客厅——船厅。与中国故宫等皇宫不同，在西班牙 - 伊斯兰文化中，房屋没有明确的功能界限，船厅在白天是苏丹的客厅，晚上则是他的卧室。"瓷砖和灰泥板的上方，华丽的挂毯装饰着整个墙面，一直延伸至精心装饰的带有精美壁画的洗手间。一间小型的带有祈祷壁龛的祈祷室让苏丹能够履行宗教上的义务。"（《伊斯兰：艺术与建筑》，中国铁道出版社，2012 年）

船厅门廊有 7 道带蜂窝状雕刻的拱门，不管是柱头精美的细长的大理石柱，还是雕刻着菱形图案、饰有金银丝细工的镶嵌板，都没有支撑的功能，仅仅起到装饰作用。这与其他地区的建筑理念完全不同。

我当时看到类似的精雕细琢的柱子和镶嵌板很是不解，我在欧洲的宫殿里从不曾看到过如此"弱不禁风"的建筑结构，即便在中国的木结构建筑中似乎也很罕见。回到上海，仔细研读相关资料，才发现它们只是装饰。

《漫步阿尔汉布拉宫》对此有精彩的比较：

从欧洲的古典建筑，可以欣赏到建筑本身的力学结构美，而柱子是建筑重要的组成元素，柱身犹如人体结构，比例与重量互相牵制配合；柱基、柱身、拱门与檐部等组成也使建筑更加坚实巩固。

在阿尔汉布拉宫完全看不到那种建筑的特性，取而代之的是朴实的建筑外观、轻盈且不沉重的墙身；光线交融于宛如蜂窝的建筑装饰，厅内的圆柱与整体建筑结构，轻巧细致仿佛缺乏重力一般……

这真是打开了我体认阿尔汉布拉宫之魂的大门。

何以叫船厅？有人说是因为其精美的天花板看起来像是船身底座翻转朝下的样子。其实，它源于阿拉伯文的"祈福、问候"。船厅入口两旁有两个壁龛、壁槽或小橱柜，被称为"放鞋处"，不过那不是真的用来放阿拉伯人穿的拖鞋，而是放置灯火、水罐或花盆的地方。

瓷砖装饰

壁龛细节

第五章
阿尔汉布拉宫（下）

1

由船厅进入使节殿，我马上进入一种迷惘的状态。正前方一扇彩色玻璃前，似乎感受到苏丹王座上那个黑色身影观望的目光，因为他坐在逆光处。四周装饰富丽堂皇，让你目不暇接。使节殿的阿拉伯语名称原意是"多彩的玻璃"，昔日的玻璃早在1590年的一场爆炸中损坏，现在五彩斑斓的玻璃令人眼花缭乱。

喜欢紫禁城的作家赵广超曾分析古时外国来华使节来到故宫的心态。他们从北京的大清门入宫，从天安门到午门，在两旁朝房夹道中的狭长空间笔直地走了约1700多米，再经过更狭长的门洞，一直"进深"到太和门广场，接着忽然变成"横阔"的景象，除了感到豁然开朗之外，几经折腾同时又战战兢兢的身心都完全进入"臣服"的状态。

阿尔汉布拉宫与故宫完全不同，虽没有故宫的非凡气势和壮阔雄伟，但王座所在的厅堂却是匠心独运，光芒四射。我站在王座前，想象自己望着桃金娘庭院的水镜和雕梁画壁，是何等的惬意与自得。厅内还有很多小的厅室，身处其中，好似于沙漠中坐在帐篷一角。将科玛莱斯宫看作一座华丽之至的大帐篷，也许能解释我何以被如此陌生多彩的氛围所感动。

2

使节殿内的灰泥雕饰和龙飞凤舞的阿拉伯铭文，一如挂在墙上的波斯壁毯巧夺天工。灰泥雕饰是格拉纳达旧王朝建筑艺术的精髓，《漫步阿尔汉布拉宫》介绍说，格拉纳达人"拒绝使用石料，偏好砖块、木材与石膏，因为这些建材具有通风、防潮与容易吸收受污染物质等优越性，同时还具备经济和高效等特点。此外，石膏远比石料易于建造，且容易修补"。

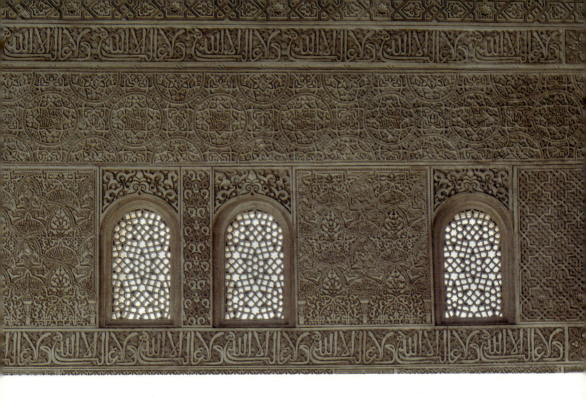

华盛顿·欧文一定观察过当地人的手艺，他认为阿尔汉布拉宫的浮雕和装饰图案之所以巧夺天工，是因为它们全是用石膏做的，也就是把成块的热石膏放在模子里做出来，然后巧妙地粘和起来，组成各种大小和形状的图案。

欧文认为这种方法最初出现在叙利亚的大马士革，后来经摩洛哥的摩尔人改进，最后传到了格拉纳达。

制造细致花纹的方法很简单：先在光秃秃的墙上画上许多相互垂直的线条，然后再画上许多彼此相切的圆圈。就像画师临摹时那样，有了这种底样的帮助，艺术家们就能迅速而准确地描绘，那些仅仅彼此相交的直线和曲线形成了各式各样数不清的图案，而且风格完全一致。

灰泥雕饰中出现得最多的图案是贝壳和松球。贝壳是水体的象征，水是生命的源泉。其他许多植物图纹却不容易辨认，需要发挥想象力，"犹如凝视着涓流不息的流水、乡间麦田随风摇曳的风姿、雪花片片飘落的景象与火焰熊熊燃烧的画面……阿拉伯式花纹源自葡萄藤，由不断重复的图形构成并反

科玛莱斯宫使节殿墙上的阿拉伯花饰与宫顶的藻井

复运用，可形成连续对称和无限延伸的平面装饰特色。阿尔汉布拉宫的阿拉伯花纹采用了抽象的棕榈叶饰、优雅的花饰等图纹。火焰、茉莉花、雪花等，利用数学几何原理，连续不断和无限延伸，游走于宫内拱门与柱身"《漫步阿尔汉布拉宫》）。

　　使节殿内的藻井天花板是阿尔汉布拉宫的巅峰之作，照片经常被各种书籍引用。它由 8017 块木制浮雕与对称的嵌板构成，穹窿顶端正中央倒挂着钟乳石状雕饰。

　　天花板的边缘饰有一段出自《古兰经》的铭文。

　　现在藻井的色彩大多褪去了，人们在修缮藻井时发现了过去匠师上色时用的指示板，颜色依次为白色、红色、核桃白、浅绿、红色和绿色。《漫步阿尔汉布拉宫》分享了复原图，当然比今天看到的精彩得多。所幸的是，我们今天看到的仍然保留了原有的精髓。

从梅苏亚尔宫北端尽头的祈祷室遥望阿尔拜辛

3

科玛莱斯宫还有一个与凡尔赛宫之类的欧洲宫殿不同的地方：使节殿旁边就有浴场的入口。中世纪的欧洲人不爱洗澡，因为他们要遮盖体味，所以香水才会这么丰富。其实，到了路易十四时代，贵族们还在凡尔赛宫里随地大小便。科玛莱斯宫里中世纪（14世纪）的蒸气浴室还在，而且其重要的装饰元素保留了下来。与古罗马浴场相似，这里的浴场除了洗澡之外，也是处理政治与外交事务的场所，有些事没法在庄重威严的使节殿里谈，在浴场里谈比较合适。宫廷浴场与我们今天的浴场还是有区别的。科玛莱斯宫浴场中有一个"乐师厅"，民间有传言，里面的盲人乐师为浴池增添了许多行乐的氛围，而且不会用暧昧的目光注视楼下欢愉的场面。《漫步阿尔汉布拉宫》指出：当年格拉纳达的浴池含有净化、涤罪的宗教意义，且禁止男女共浴。此外，苏丹亲信的保卫人员会谨慎地透过一扇花格窗监视周遭的动静。

我过往对罗马式浴室很感兴趣，经常在现场琢磨它们的供水供热原理。科玛莱斯宫也是同一个路子，有冷水、温水和热水浴室。较有特色的是，温水浴室和热水浴室的圆屋顶上有可以从外面打开或关闭的天窗，服务人员通过从外部开关天窗，来调节两个浴室的室温。当年天窗的玻璃应该是红色的，与红赭色的墙壁内侧相匹配，让人感觉到热力。

格拉纳达浴场与罗马式浴场的不同之处在于伊斯兰化的装饰，瓷砖映出的光影让我想起土耳其浴室。浴室休息室的侧面有两个宽敞的壁龛，房间里没有窗户，光线从第二层房间的天窗笔直地照进屋内。这间房在19世纪末期被重新装饰，却被后人诟病，因为设计师不懂保护历史的原貌，胡乱用色，任意拆散阿拉伯铭文的段落。

当时的阿尔汉布拉宫是一个城镇，居民在1500到2000人之间，大约有

10 座浴场，其中有三座浴场是公共的。在伊斯兰教历史上，浴场是仅次于清真寺的社交场合，与欧洲中世纪城镇的集会广场一样属于公共建筑。

4

在使节殿面向达罗河（Darro River）的一个阳台上，曾上演过一个女人助自己的儿子逃命的一幕。这名女子是法蒂玛王后，其子是穆罕默德十二世波阿布迪。阿布·哈桑·阿里（Abu'l–Hasan Ali of Granada）于 1464 年登上王位，与法蒂玛王后生了两个儿子，长子波阿布迪被确立为王位继承人。

不幸的是，哈桑晚年又娶了被俘的年轻貌美的伊莎贝拉（Isabel de Solís）。严格来说，伊莎贝拉在婴儿时期就被俘虏到格拉纳达，得到精心抚养，并学习伊斯兰文化。她也生了两个儿子。两个女人都希望自己的儿子能继承王位，互相敌视，宫中因此分成两党。

中国历史上这类故事屡见不鲜，最终总有一方要倒霉。这次倒霉的是法蒂玛王后。哈桑怀疑王后正在筹划颠覆他，

将波阿布迪扶上王位，于是将母子两人幽禁在科玛莱斯塔上，并说要杀死波阿布迪。夜深人静，王后把自己和侍女们的头巾结成绳索，让儿子从塔上的窗户逃了出去，她的亲信备好了快马在下面等着，立即把他带到深山中。

紧接着，格拉纳达爆发内战。由于哈桑年老多病，主要由他的弟弟萨格尔（Mahoma XIII el Zagal）领导军队来对抗波阿布迪。这给了急于统一西班牙并将摩尔人赶出去的天主教国王最好的机会。在波阿布迪之前，格拉纳达在天主教王国的逼迫下采取绥靖政策，向天主教王国缴纳贡金。波阿布迪上台后，自恃勇猛，进攻实力更强的天主教王国，沦为阶下囚。

这时的阿拉贡国王费尔南多二世（Ferdinand II of Aragon，以下简称费尔南多）利用波阿布迪推翻萨格尔，最后波阿布迪在费尔南多答应优待当地摩尔人的条件下，也于1492年投降。

波阿布迪与家人离开阿尔汉布拉宫，向指定的驻地进发，他们从高处俯瞰格拉纳达，"向可爱的城市告别，再往前走几步，他们就永远见不到它了。格拉纳达在他们眼中看起来从未如此可爱过，在纯净的空气里，阳光如此明媚，让每一座塔楼和光塔清晰可见，它光辉灿烂地照耀在阿尔汉布拉宫高耸的城垛上，大平原则在下面展开它那光洁青翠的胸膛，同银波闪闪、弯弯曲曲的赫尼尔河（Genil）一道熠熠生辉。摩尔族骑士们默默地注视着自己美好的家园——那是他们喜爱和享乐的地方——感到既亲切又悲哀，痛苦不已。正当他们看着的时候，一团轻烟从城堡上升起，随即隐约传来隆隆的炮声，表明城市已被接管，摩尔人的王座永远失去了"（《征服格拉纳达》，上海文艺出版社，2010年）。

波阿布迪忍不住哭了。

母亲法蒂玛王后对儿子的软弱很生气："你做得真好，为自己没能像个男人一样保护的东西哭得像个女人。"

这个地方被叫作"摩尔人最后的叹息"。

波阿布迪在自己的封地待到1493年。费尔南多一开始就很不放心波阿布迪，在他周围安排密探，监视他的一举一动。最后费尔南多背弃了原来的协议，要求波阿布迪离开西班牙，他的王后莫里玛在焦虑中死去。

波阿布迪和1000多名追随者来到北非的亲戚艾哈迈德的宫廷，受到无微不至的关怀，住了34年。但他并没有善终，1527年，波阿布迪在萨阿德人的入侵中阵亡。命运多么变幻莫测——波阿布迪没勇气为保卫自己的王国献身，却为保卫他人的王国战死了。

末代君主总是背负着王朝的罪孽，被人讥讽，最好的结局也就是被同情。

5

我走进阿尔汉布拉宫的狮子庭院，它是苏丹王居家生活的核心区域，却不能直接称之为后宫，因为狮子庭院也是苏丹接见外宾与处理政事的场所。原来的狮子庭院只有姊妹厅（Sala de las dos Hermanas），公元1362年底，穆罕默德五世又陆续兴建了环绕庭院的其他厅堂。

华盛顿·欧文在1829年的一天走进了狮子庭院。

……宫内没有任何地方能比这里更使人完全领略阿尔汉布拉宫原先的优美了，因为它所遭受的摧残比全宫任何一处都小……庭院的四周全是装饰着金线的镂空的精美的阿拉伯式拱廊，这里的建筑和宫殿内部的特点是优雅而非雄壮，凸显出精巧文雅的风趣以及懒散享乐的习性。

大厅的正对面有座拱门，装饰得很华丽；走进去是另一个大厅……有一个引人遐想的厅名：两姊妹厅。……有些人觉得应当使这个名字更富于诗意，认为它是表示对于从前住过此厅的摩尔族佳丽飘渺的怀念；很明显，这个地方本来就是后妃的内宫……（《阿尔罕伯拉》）

6

狮子庭院也叫狮子宫，其最大的特色在于庭院。

在门口朝里张望，最令我感到诧异的是，124根金黄圆柱像成林的棕榈树，"更像极了从天而降的绣花流苏披巾垂挂庭院"（《漫步阿尔汉布拉宫》）。

其间的意境让我想起船厅入口拱门旁的诗句："我是披纱待嫁、绝代风华的新娘。凝望水瓶，你会了解我的真言，仿如清水一般清澈。我头上的皇冠似一轮新月……"

往昔的庭院地面可能低于旁边的走道，当繁花盛开的时候，环绕狮子喷泉的是一片彩色的地毯。如姊妹厅内的铭文："你可曾见过一座像这样花团锦簇、芳香馥郁的花园……"（《漫步阿尔汉布拉宫》）四条水渠把庭院分隔成四个方形花圃，呈十字形的水渠将水从东西南北引向庭院中央。

但我参观时完全看不到地面上美丽的鲜花和在大理石上攀爬的树藤，地面是平滑光秃的。

狮子庭院带有十分明显的穆德哈尔式风格，也就是基督徒与摩尔人的艺术元素的混合体。穆罕默德五世曾被废黜两年，他投靠天主教国王佩德罗一世（Peter of Castile），并在其支持下复位。穆罕默德五世回来后就扩建了狮子庭院，这时，基督教与伊斯兰教文化和谐共处，格拉纳达的工匠也到天主教王国修缮塔楼，穆德哈尔式风格蔚然成风。

在狮子上方设有的一座十二边形的水钵边缘，描写庭院与喷泉的诗作却有浓郁的阿拉伯色彩：

感恩真主赐与穆罕默德这座豪华富丽的宅邸。成就这杰作或许是真主的旨意，流水珠光闪闪，高雅纯洁，耀眼辉煌，仿佛颗颗奇世珍宝。是流水，是珍珠，朦朦胧胧难以分辨……水滴升华成云彩，降霖狮身之泉；黎明破晓时分，哈里发奖励英勇战士……（《漫步阿尔汉布拉宫》）

7

阿本塞拉赫斯厅（Sala de los Abencerrajes）位于狮子庭院南侧，据说哈桑将 36 位阿本塞拉赫斯家族有名望的王公大臣杀害于此，因为他们支持波阿布迪和王后。在大厅中央白大理石喷水池旁边有几处明显的红斑，据说是血迹，格拉纳达人认为它们永远不会消失。其实，它们只是大理石上黄褐色的锈斑而已。

导游还告诉华盛顿·欧文，人们晚上常常会在庭院听到一种低沉而混杂的声音，像是有许多人在喃喃私语。当地人认为这是被害者发出的，他们每天夜里到这里来作祟，恳求上苍降罚屠杀他们的人。

欧文亲自调查后发现这其实是石板下面流水穿过水管和水道流向喷水池的声音和淅沥的滴水声。

关于阿本塞拉赫斯厅还有另一个故事。有位老兵在阿尔汉布拉宫守门，一天黄昏，他突然看见四位服饰华贵的摩尔人，他们穿着金甲，佩着弯刀和镶着宝石的匕首，踏着庄严的步伐来回走着，看见老兵就停下来向他招手。老兵拔腿就跑，再也不敢回阿尔汉布拉宫了。导游认为，摩尔人明显是想向老兵透露藏宝的地点啊。接替老兵看门的人就聪明了，他来的时候很穷，可

狮子庭院

狮子雕像的细节

一年后居然搬到马拉加，买了几幢房子，添置了一辆马车，到现在还住在那儿，成为当地最有钱和最年长的人。

阿本塞拉赫斯厅是个避暑的好去处。安达卢西亚夏季的最高温度往往会超过40度，但这个大厅的气温从不会超过22度。厅内门窗紧闭，唯一的光线从星状顶棚下的窗户投射入内；地下管道流出来的潺潺泉水也是凉爽宜人。

从阿本塞拉赫斯大厅可以走进真正的后宫庭院，由于现今保存状态不佳，一般游人无缘参观。

8

狮子庭院的东面有国王厅（Sala de los Reyes），称其为"穿堂"更为合适：六道漂亮的拱门、三条柱廊和蜂窝状的双拱门把长条形的大厅分隔成几段。天主教王国征服格拉纳达后，在这里举行了第一次弥撒，文武百官聚集，其中就有当时还没有出名的哥伦布，他只能独自待在角落里，等着国王的到来，后来终于签署了促使他发现新大陆的航海协议。

最特别的是天花板饰有彩色故事，据说画于14世纪末或15世纪初。作品倾向于阿拉伯艺术风格，但明显受到西方风格（如意大利）的影响。

阿本塞拉赫斯厅内钟乳石造型的穆喀纳斯穹顶

在全是阿拉伯花纹和几何图案的阿尔汉布拉宫中，国王厅独树一帜，多少显得有点异样。

最中央的大厅的天花板上，刻画有 10 个人正聚精会神地谈话的场景，据说他们是历代格拉纳达的君王，国王厅因此得名，但这种说法现在基本被否定了。另外两个大厅的天花板上的彩色绘画故事更是精彩：一位基督徒和一位穆斯林正在为赢取基督徒女子的芳心而竞争，女子站在塔楼上方，双手合十，一脸哀求地看着比赛。结果，穆斯林用长矛击败了坐骑上的基督徒。人们认为这些人物画像出自意大利热那亚基督教艺术家之手。

华盛顿·欧文对姊妹厅的取名来源有两种说法，导游书一般比较喜欢欧文香艳的解释，但现在看来这对"姊妹"只不过是铺设在水池和喷泉四周的两块大理石石板。这也不错，"爱水如痴的阿拉伯人喜欢流水潺潺流动，如喃喃细语，几近静默，极尽谦卑，悄然无声。"

阿尔汉布拉宫到处是拼花瓷砖，姊妹厅的整个花砖墙面"精妙绝伦、原始独创，为阿宫美冠群伦的上乘之作。瓷砖饰带错综复杂，呈现无起始、无终了的图形"。在瓷砖的上方有一首优美的诗，作者是穆罕默德五世时的国家元老伊本·扎姆拉克（Ibn Zamrak）。

我是一座优雅的花园，欣赏我超群之美。穆罕默德，慷慨崇高，永久长存。伟大卓越之作，溪山风月，池庭花木之胜。多少视觉飨宴，迷离倘恍，如幻似真。微风黎明苏醒，七妹星团相伴。天顶辉煌灿烂，举世无双。天上月娘、银河双星光芒相会。星辰灿烂耀眼，庭院谦恭相随。天际群星闪烁，星辰运转，真主阿拉光芒万丈。地上门廊、天上藻井，美绝人寰。光泽辉映照柱拱，黎明曙光耀天穹。柱身环绕交织，摇曳生姿。柱影光影交融，目不暇接。彩虹五彩缤纷，珍珠灿烂夺目。从未见过如此视野宽阔、至高无上的王宫。从未见过如此繁花似锦、美不胜收的花园。美丽境界值千金，花园破晓时分，犹如古代的拉马克银币，价值连城。花园落日余晖，金黄彩霞映照满园枝叶，仿佛金币的光芒闪烁。（《漫步阿尔汉布拉宫》）

翻译成中文，有些赋的味道。

阿尔汉布拉宫的铭文都安放在较低的位置，因为宫中的哈里发和朝臣们通常坐在坐垫和地毯上，这也就意味着，阿尔汉布拉宫的美景要从很低的角度来欣赏。这也是我回到上海后，边看各种阿尔汉布拉宫的资料边回味琢磨出来的。我们游人站着是很难体会当年阿尔汉布拉宫的设计意图的。

狮子庭院东面的国王厅

狮子庭院内的水渠

例如，我们只有蹲着或坐在阿本塞拉赫斯厅中的喷泉后方，然后向外展望，才能看到一系列层次分明的画面。《漫步阿尔汉布拉宫》描述道："当水池内充盈着静溢的泉水，完美地映照出天花板上方，八角星状的钟乳石锥状穹顶，宁静的水面呈现180度广角视野，宛如牙医使用的小圆镜一般，厅内的每处角落一览无遗。"最后的牙医小圆镜比喻，妙不可言，新鲜。

9

据说，扎姆拉克的诗作一部分是在描述姊妹厅内非凡的钟乳石状圆顶。

钟乳石圆顶建筑在10世纪就存在于伊朗，从11世纪起广泛流传于伊斯兰世界。有哲学家指出，从宇宙运作的观点看，圆形的穹顶象征运行不息的苍穹；穹顶下方则代表人间，形成天上与人间的鲜明对比。天体无形，遥不可及，却可通过钟乳石的拱顶体现无形的苍穹。

另一位学者对钟乳石状圆顶的看法较为感性："透过光线的照射，所有的建筑元素灿烂闪烁，耀眼夺目。微小的装饰元素形成碎状、点状的色环效果，轻盈飘然，完全融合相交……仅有光影的闪烁与颤动，随即消逝，色彩与外观变化无穷；光线投射到厅内每处角落，形成不同层次的对比与变动。艺术犹如自然真实的本质，每一刻的律动仿佛由无数且微小的原子组成。"《漫步阿尔汉布拉宫》

姊妹厅的钟乳石状圆顶由5416块尖角石膏拱形锥体合成。《漫步阿尔汉布拉宫》记载道，在1590年的意外爆炸事件发生前，姊妹厅的窗户上装有彩色玻璃，根据不同的时间和光线投射的角度，穹顶上方的尖角拱形锥体与光影交融形成的光线变化，一天中没有一刻是相同的。

花园区的林达拉哈庭院（Patio de Lindaraja）坐落于姊妹厅的正前方，我们可以从位于其北侧上方的林达拉哈瞭望台观赏庭院青翠的景致。所谓瞭望台，原名是"爱莎之家的双眼"（The Eye of Aixa's Room），它是王后的寝室。

观景楼里的壁板由十分细小的瓷砖组成，拱门所在侧壁的顶端制成铭文的黑瓷砖与底部掏空的白色瓷砖丝毫不差地相互嵌合。"毋庸置疑，这是王宫里工序最耗时费力和最精致的装饰瓷砖之一，也是伊斯兰艺术的上乘之作。"如果不是《漫步阿尔汉布拉宫》用图示详解工艺的复杂性，我以为只是普通烧造的瓷砖而已。外行看热闹，面对看似朴素无华、背后蕴藏着深厚功力的作品，我不知如何欣赏啊。

《漫步阿尔汉布拉宫》中林达拉哈观景楼的铭文也很有情调：

林达拉庭院内的喷泉

艺术，以她独特之美丰富与滋养我的心灵，也赐给我光华与完美。看到我的人会认为我就是那位美丽妻子，唇靠着杯身，祈求愿望。看我的人，见我闭月羞花、姿态曼妙的美丽外表，其实只是一座海市蜃楼。厅内之美，连月神也离开她的住所，住进我的豪宅。我并不孤单，从此处我看到一座令人惊叹、独树一帜的美丽花园，这是一座水晶王宫，然而也有人看到波涛汹涌、令人惊骇的海洋。此处散发着清新的微风，弥漫着一股愉悦、有益健康的氛围。拱门集结所有美景的景象，连苍穹星辰也黯然失色。这座令人心旷神怡的花园，一切的美景杰作荣耀归于真主。

11

《安达卢西亚的幽灵》的作者哈罗德·因伯格认为，格拉纳达的摩尔人高度重视感官享受，"时至今日，在安达卢西亚，葡萄酒的爱好者们还是认

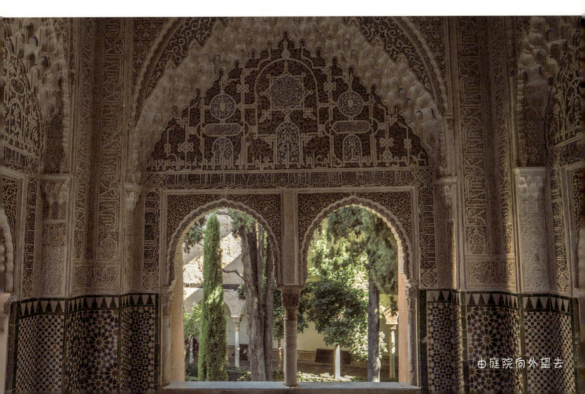

由庭院向外望去

为，从外地迁来此地的穆斯林很快就会违背古兰经教义中的禁令而喜欢上葡萄酒——葡萄酒对他们来说，并不是酒精饮料，几乎就是一件艺术品"。

因伯格在《安达卢西亚的幽灵》中又引用了11世纪格拉纳达诗人伊本·拉本的诗句：

我满怀忧虑地回想起那一夜，

因为它再也不会回来了，我们家的女主人

从晚上到清晨，将葡萄酒从象牙壶里倒进酒杯之中

用她纤细的手。

当我和她交往的时候，她弯下身子，就好像一根细枝。

比圆月还要美丽。

所有的享受环绕着我们构建她的帐篷，

而且所有的不幸也很仁慈地避开了我们。

你们希望唇间充满甜蜜的亲吻？

或是入迷地倾听那声音？

即使我们能够满足千倍的愿望，

它们也只会借助新的力量上升。

12

赫内拉里菲宫（Palacio del Generalife）是当地统治者的夏宫，意思是"建筑师的园林"或"高处的花果园"。我觉得后者更加贴切些，由于夏宫的花果园为宫廷提供水果、蔬菜和其他一些食品，今天仍种有蔬果。

夏宫在各种旅游书上都有推荐，我去之前抱有很大的期待。我们大清早

起来逛完阿尔汉布拉宫后，已经是下午，吃完饭，精神十足地去夏宫。

但我看后有些失望，夏宫的花园形态格局几乎是凡尔赛式的。我在欧洲仔细琢磨过不少地方的公园或花园，它们都逃不脱凡尔赛宫的模式，只有英国参照了东方的园林，加上自己的发挥，才稍微有些变化。我对此稍感迷惑。阿尔汉布拉宫后来受到欧洲或基督教文化传统的改造，可还是能见到摩尔人的精华，夏宫的花园，我看不出有什么与众不同之处。

回来查资料，才知道现今的花园建于1931年，1951年竣工。比较权威的《漫步阿尔汉布拉宫》里也承认，现今的花园与中古世纪花园的面貌大相径庭，看后，不免有一丝欢喜，虽然自己不是欧洲园林的专家，多年来的体悟至少还是有所收获。

当然，夏宫核心地带的长方形水渠庭院仍带有伊斯兰建筑的典型特征，虽然它曾毁于1958年的一场大火，现在的庭院是重建的。不过，对于我们刚看过阿尔汉布拉宫的眼睛而言，似乎平凡了些。世间万物都经不起比较，如果夏宫在西班牙的其他地方，一定会光彩夺目。

水渠庭院有两个门廊，据华盛顿·欧文的《阿尔罕伯拉》介绍，"爱的朝圣者"阿卡门王子被关在其中的一座门廊中。王子学过鸟兽语言，他因此与一只蝙蝠、一只燕子、一只雀鹰和几只夜莺结交为朋友，王子最好的朋友是一只猫头鹰和一只鹦鹉，它们帮助他征服了一位信基督教的公主。后来王子娶她为妻。等到王子继承了王位，猫头鹰成了丞相，鹦鹉当了司仪大臣。

水渠庭院旁边的花园叫柏树花园或苏丹王妃花园，有传言称末代国王波阿布迪的妻子曾经藏匿在其中一棵大树后面，与阿本塞拉赫斯家族中人偷情，被波阿布迪发现，结果波阿布迪将阿本塞拉赫斯家族中人全部杀害。这故事早在欧文的书中辟谣，专家后来考证是西班牙作家贝鲁斯·德·易达编的。

好玩的是，波阿布迪被戴绿帽子的故事仍然在今天的旅游书和节目中流传，可能一直会继续下去。导游和相关人员即便知道这是假的，也要继续说，因为这样可以助兴。我向来对导游的故事很怀疑，有一次去德国，碰到一个挺专业的中国导游，我以为他说得八九不离十吧。回到上海，我想深入地了解德国的相关历史人文，发现他也是信口开河。顺便一提，我当时倒和他成了朋友，不久，他回到上海，我请他吃饭。我当时去欧洲旅游，发现中国游客很惨，总是被旅行社欺骗。我建议他编一份欧洲旅游通讯，让中国人出去时减少信息不对称，不至于上当受骗。吃完饭后，他再也没与我联系过。他一定认为我是疯子，因为这无疑是在揭露中国旅游业的黑幕，断从业人员的财路，如果真这样做，他自己可能也会被排斥孤立。十几年过去了，出去旅游的中国人越来越多，但还是被人骗得一愣一愣的。我接下来在萨尔多瓦的故事中还会聊到这些事。

赫内拉里菲宫的水渠庭院

第六章
格拉纳达

1

赫内拉里菲夏宫栽有 160 多种植物，如柏树、桃金娘木、叶蓟、麻叶绣球、栗树花、槐树、杜鹃、圆锥花、小萱草、紫薇、非洲菊、鸡冠花、锦带花、迷迭香、苦橙、木香蔷薇、柽柳、二乔木兰、柿子树、睡莲、屈曲花、洋玉兰花、地锦、一串红、金盏花、蒲公英、千日红、腊梅花、欧洲迷迭、栾树、百子莲、杂交玫瑰、美人蕉、高山南芥、腊菊、小冠花、矮牵牛、天人菊、宿根天人菊、一枝黄花、飞燕草、紫藤和紫夜香花，等等。《漫步阿尔汉布拉宫》配了这些花草树木的图，我有相当大一部分不认识。

我早年向孔子学习，多识草木鱼虫，买来大本的花木百科，是读了后面的，忘了前面的。我家窗前就是世纪公园旁的张家浜，河水清澈，两岸都是花草树木。我每天早上要在这里走上半个小时，春夏秋冬，可以感受各种花开花落，树木由绿变红变黄直至凋零。我很想写一本《张家浜日记》，把那里每天的生命变化配着照片写下来，那该多好。可碰到同样的问题，不认识大部分花草树木。我这时就很感慨，受了这么多年的学校教育，却远远脱离生活的常识啊。

我在巴塞罗那时被兰布拉大街上高大俊美的英国悬铃木迷住了，到了阿尔汉布拉宫周遭的花园和甬道，多姿多彩的大树又向我涌来。我边走边赞叹，突然，身边的麦克指着一排火红树叶的大树说，那是七度灶。我立刻肃然起敬，哇，麦克，你是怎么知道的。村上春树的小说中看来的。

我知道麦克是村上迷，可没想到他入迷到如此地步，竟然连小说中的树也能记住，并且活学活用。回到上海，我买来村上春树的《寻羊冒险记》，以为里面一定会有大段描写七度灶的章节，可怎么也找不到。麦克发来了有关的段落：

交通岛过去有条小小的商业街，商业街固然同一般镇上的并无不同，只是道路宽得出奇，愈发使得镇子给人以寒伧凄清的印象。宽阔的路旁排列的七度灶红得很是鲜艳，但路面还是显得寒伧显得凄清。七度灶同镇子的命运无关，兀自尽情享受生命的快乐。唯独在此居住的男女及其日常琐碎的活动被一股脑吞进这寒伧的凄清中。

村上春树看来对树颇有研究，就在这个段落的上面有"仓库旁边的空地上，一枝黄花犹如密林一般茂密"。黄花谁都知道，可"一枝黄花"就比较陌生了，它是菊科植物，顶部为黄色，我也是在《漫步阿尔汉布拉宫》的图片中认识的。我第一次见到"一枝黄花"，还纳闷是否要分开读。

麦克说，村上春树对荒凉的小镇有种莫名的迷恋，他的另一个短篇《她的镇，她的绵羊》也是这个路数。

麦克的父亲是香港中文大学的名教授，麦克没有子承父业，可惜了。

我在阿尔汉布拉宫看到的七度灶和其他大树并没有给人以衰颓的感受，它们只是很美很美。我两个晚上散步其中，仍被夜色中的大树所迷惑。在我们所住的国营旅馆门前，一棵柿子树上结着两只干瘪的柿子，来时就见到它们，

临走前，它们还在。它们一点都不丑陋，有种奇妙的懒散和烂熟。

在接下来的旅程中，我也在注意其他地区的树，可没找到那种感觉。回到上海，我日日夜夜在有不少大树的园区寻找阿尔汉布拉宫的影子，它们都显得太纤细柔弱了，没有那种气势，那种姿色。

从阿尔汉布拉宫遥望阿尔拜辛

2

在阿尔汉布拉宫的各个塔楼上，很容易看到对面的阿尔拜辛区。我们刚到格拉纳达，下午就去阿尔拜辛区，登上圣尼古拉斯瞭望台（Mirador de San Nicolás），遥望内华达山脉背景下的阿尔汉布拉宫。

可是，只有在阿尔汉布拉宫的塔楼上，才会知道阿尔拜辛区是个由"斜坡、小广场和街巷组成的迷宫，占据了整个山丘，散发着浓郁的昔日阿拉伯韵味，使人神魂颠倒"。11世纪摩尔人在这里修建城镇，周围居民渐渐繁衍生息。格拉纳达在平原上扩张后，原来山丘上的居民点被称作阿尔拜辛区，来自于阿拉伯语"放养猎鹰的人"。天主教国王征服格拉纳达，被驱逐的摩里斯科人（Morisco，皈依天主教的伊斯兰教徒）都集中居住在阿尔拜辛区。

天主教国王下令焚烧阿拉伯手稿，摩尔人要么流亡，要么改信天主教。改信天主教的人是为了保住财产和生命，被迫改宗，居住在西班牙，但仍对天主教不以为然。大部分人则选择跨海南逃。还有一批最坚强不屈的摩尔人选择了阿尔拜辛作为反抗据点，西班牙人花了好长时间才把它摧毁。

起义被镇压了下去，但摩尔人还是继续住在这里。所以，阿尔拜辛区有着阿拉伯城市的典型特征：密集且不规则。"城区内的道路曲折狭窄且陡峭，路面铺满石子，每走一步，路的宽度都会有变化。多数情况下，道路的尽头都会出现台阶或者城墙顶上的通道，偶尔出现一段较宽的坡间平地和小广场，此时便会觉得柳暗花明又一村；有时也会有置身于迷魂阵般的感觉，步移景异，映入眼帘的是阿尔汉布拉宫的葡萄园（Carmen granadino），别致的纳斯瑞德传统民居，错落有致的住房、楼阁、喷泉、花台。"（《格兰纳达》，Aldeasa 出版社，2007 年）

　　我没有空闲仔细品味阿尔拜辛区的各种细节，但后来在阿尔汉布拉宫的赫内拉里菲宫找到了相似的元素——它的石子小路让我想起夏宫下花园的小道，通常是采集当地的白卵石（达罗河）与黑卵石（赫尼尔河），用马赛克的形式

阿尔拜辛区的建筑

铺成地面，要比夏宫更加古老，因为在一块地面上有着不同的修补痕迹。

上面所说的葡萄园也是格拉纳达的一种花园别墅，由住房与一块用来栽种花卉、蔬菜和果树的小农地组成，通常位于城郊的山坡地，空间有限，却充满活力。格拉纳达的花园别墅秋天最为宜人，这是当地最好的季节。

很可惜，我们在阿尔拜辛区的时间太少。我主要是根据日本人写的《走遍全球》系列游览格拉纳达的。2000年，我靠它展开法国自助游，觉得不错。它介绍说科隆大道的北侧与对面的一条大街有着阿拉伯的风味，里面的集市很有异国情调。我们信以为真，兴冲冲地去了，感觉只是为游客而设的商店而已，比较假。我们根据推荐，前往这里的阿拉伯餐馆就餐，很一般，浪费了不少时间。看来十几年下来，自己的眼界开阔了，需要更好的体验之地。

并非旅游指南的《安达卢西亚的幽灵》倒是说了真话："有些来自北非的商人出于这里旅游业发达的原因，在格拉纳达的市中心，参照东方的露天市场建起了丝织品市场以兜售一些不值钱的小玩意。"

《走遍全球》和"孤独星球"系列的《西班牙》也重点介绍了阿尔拜辛区，可异口同声地强调那里的治安状况较差，不要说黑夜，就是白天也要小心。我们也不敢久留，可我来后觉得当地很安全啊，没有可疑的迹象。

街边的小作坊

阿尔拜辛区于 1994 年被评为世界文化遗产，实至名归，那里有相当不错的庭院旅馆，如果住上一晚，感觉一定不错。我后来吸取了教训，在科尔多瓦和塞维利亚类似处流连忘返，这是后话。

3

我每到一个地方，都会参观当地的大教堂。巴塞罗那、格拉纳达、马拉加、科尔多瓦和塞维利亚，马拉加和格拉纳达的印象不深，但格拉纳达大教堂旁边的天主教国王陵寝有些意思。

提起西班牙的天主教国王，我们就会想到费尔南多二世和伊莎贝拉一世夫妇，尤以伊莎贝拉女王最为引人注目。在欧洲历史上，能与她相提并论的只有当年的英国女王伊丽莎白吧。中国历史上女王不多，严格来说只有武则天一个，其性格手段与伊莎贝拉也有相似处。

伊莎贝拉出生在西班牙阿维拉（Ávila）附近的一座修道院内，母亲是葡萄牙公主，父亲是卡斯蒂利亚国王胡安二世（John Ⅱ of Castile）。她 3 岁失去父王，11 岁和弟弟阿方索（Alfonso of Castile）来到同父异母的恩里克四世（Henry Ⅳ of Castile）的宫廷居住。恩里克四世是出了名的软弱无能，生活混乱，给手下的王公大臣以可乘之机。

19 岁的时候，她出于权力的考虑，选择了小她一岁的阿拉贡国王的儿子费尔南多。位于西部的卡斯蒂利亚的人口和面积比阿拉贡略胜一筹，但后者向地中海扩张，15 世纪时已经占领西西里岛、萨丁尼亚岛及希腊的一部分领土，加泰罗尼亚水手的活跃与巴塞罗那的海洋性格，我们在前面的章节中已有所提及。

恩里克四世不同意妹妹的婚姻，费尔南多王子只能与随从乔装成马夫商贩，1469 年与伊莎贝拉秘密结婚。但他们是表姐弟的关系，需要教皇特赦才能结婚，他们竟然搞来了一份可疑的教皇文书！

恩里克四世于 1474 年死去，他的女儿华娜（Joanna la Beltraneja）和 15 岁死于黑死病的阿方索的子女都有优先继承王位的权利，但华娜可能是恩里克四世的王后与爱臣私通的产儿。23 岁的伊莎贝拉却不管这些，她在恩里克四世死后隔日清晨，在塞戈维亚的大教堂先是为先王举行隆重的弥撒，然后盛装带着一帮亲信敲锣打鼓，直奔主广场，在当地居民和一些代表的拥护下自封为王，现场没有一位贵族。

卡斯蒂利亚具有内陆性格，阿拉贡则是海洋性格，西班牙被这两种不同的性格所影响，此消彼长。从后来的历史看，马德里的得势意味着巴塞罗那的失势，相反亦然。卡斯蒂利亚语也成了西班牙语，阿拉贡的加泰罗尼亚语受到排挤，到 20 世纪的佛朗哥将军专制时期更是极度受压抑。西班牙民主化后，加泰罗尼亚语逐渐大行其道。这都是有历史渊源的。

4

伊莎贝拉和费尔南多认为自己最大的功绩是赶走了格拉纳达最后一批摩尔人，在欧洲大陆彻底光复了天主教。王室陵寝自 1504 年开始修建，但直到 1521 年才竣工，他们的棺木之前放在阿尔汉布拉宫，也就是我们住的修道院旅馆内。

说是国王的陵寝，但与旁边的大教堂相比，它看上去只不过是其中的一个厅堂，建筑的内部和外表都有许多西班牙王室徽章，上面有雄鹰和天主教双王姓名打头的字母 F 与 Y。另一个多次出现的是双王执政的座右铭："伊莎贝拉和费尔南多，他们以同等的地位登基。"

王室陵寝外景

整个陵寝的氛围与英国伦敦威斯敏斯特大教堂下的伊丽莎白女王的墓葬地很相似，当然要大一点。比较特别的是耳堂内竖立着的一面巨大的锻铁屏风，"饰以镀金凸纹和王室徽记以及耶稣受难像"，属于 16 世纪的西班牙栅栏艺术精品。还有在意大利热那亚定制的文艺复兴风格的富丽堂皇的棺椁，上面有天主教双王的雕像，卧姿，脚边立着一对象征王权的雌雄狮子，是由佛罗伦萨雕塑家多米尼克·范切利（Domenico Fancelli）于1517年雕刻而成。与此形成鲜明对比的是，地下墓室空空如也，只有国王们的铅棺。

　　对欧洲人来说，国王陵寝已经很奢华了，可我觉得不过尔尔。到北京、南京和西安这些古都，去皇陵走走，周围的步道及附属建筑便让人觉其气势非凡。而欧洲君主的墓地，尤其是有名的君主，很难想象就躺在大教堂底下或旁边相当不起眼的建筑中。

陵寝内的锻铁屏风

5

生于 1500 年的查理五世在 1516 年和 1519 年白白获得了一个庞大的帝国，在欧洲历史上只有罗马帝国和查理曼大帝的统治版图可与之媲美。

查理五世的遗产来自各个方面，他从伊莎贝拉那里继承了卡斯蒂利亚，从费尔南多那里继承了阿拉贡等地，又继承了很快就完全被征服的新大陆，这些都属于当时的西班牙。从腓力一世那里以及因为被选为神圣罗马帝国皇帝而继承了荷兰、卢森堡、洛林、奥地利和德意志等地。这理论上的帝国要比古罗马帝国虚幻得多。

1517 年，查理五世还没登上神圣罗马帝国的皇帝宝座，德意志的马丁·路德就在威登堡教堂（Wittenberg Cathedral）门口贴上了《九十五条论纲》，拉开了宗教改革的序幕。几年后，21 岁的查理五世与 37 岁的路德对峙，他们成了敌人。查理五世与他的儿子腓力二世对新教徒进行了疯狂的镇压，仅仅荷兰一地，就有 18000 多名信徒遭到西班牙异教裁判所的迫害。

不过，查理五世和腓力二世的统治正好覆盖了 16 世纪，也是西班牙所谓的"黄金时代"，在文学和艺术上对欧洲文明作出了重要的贡献。

我过去只是对查理五世有所了解，没有研究的兴趣。这次去阿尔汉布拉宫，看到了查理五世的宫殿。我曾在资料上看到过它，知道它是个外墙为长方形、中间配以圆形的建筑。1526 年，查理五世携新婚妻子来度蜜月，他有在格拉纳达建立新首都的计划，所以拆除桃金娘庭院南部所有的突出部分并在原地修建新宫殿。1527 年开工后，查理五世改变了初衷，工程就被暂停了，直至 20 世纪，仍然没有封顶。现在当然已经修建完毕。

我一到阿尔汉布拉宫，就看见这个庞然大物，有些吃惊，与自己对阿尔汉布拉宫的理解完全相反。我能够识别宫殿是文艺复兴风格的，这在意大利经常看见，可它真的是摆错了位置。尤其是我游览完了阿尔汉布拉宫，再见到查理五世宫殿，觉得它实在与环境不匹配，只能赞同当年大仲马的一字评语："丑"。如果有人相信风水，一定会以为查理五世是在有意掐断摩尔人的龙脉，让他们再也无法兴旺发达。

按《绕道去圣地亚哥》作者的说法："突然，在所有这些当中，如同这些消失了的东方世界的遗迹摆脱不了的入侵者一般，查理五世的文艺复兴风格的宫殿就像是关于权力与胜利的格言一样，严肃地站在那里，一个典型的正方形。" 对，查理五世和那个典型的正方形很般配。

王室陵寝内景

第七章
塔帕斯、海鲜饭和火腿

1

在我的印象中，安达卢西亚是与阳光和海岸联系在一起的。我看到格拉纳达、塞维利亚和科尔多瓦都在山区，就选了太阳海岸的中心城市马拉加。我们从格拉纳达出发，沿地中海岸开车，两个多小时就抵达马拉加。一路上见到不少红瓦白房子，有人评论说这像撒落在绿色桌布上的白糖，或者顺着山坡滚落下来的巨大骰子。

这些建在小山谷或紧靠深谷边缘的安达卢西亚白色村庄看上去很浪漫，但当年只是与防御有关，现在还残留着一些摇摇欲坠的墙壁和防御工事。过去，这里的人生活得很悠闲，但也很穷，没钱把自己的屋子装饰得漂漂亮亮的。20 世纪后半叶，西班牙大力发展旅游业，拉动经济，这些房子才粉刷一新。

可惜 2 月的安达卢西亚阳光稀少、雨水充足，我们在阿尔汉布拉宫的狮子庭院就遭遇了一场大雨，马拉加的天气也是阴阴的，晚上在海边还有些凉意。我们看了大教堂和毕加索博物馆。毕加索出生在马拉加，可博物馆里的作品一般般。据说毕加索从白色村庄获得灵感，开创了立体派，可那只是传说。

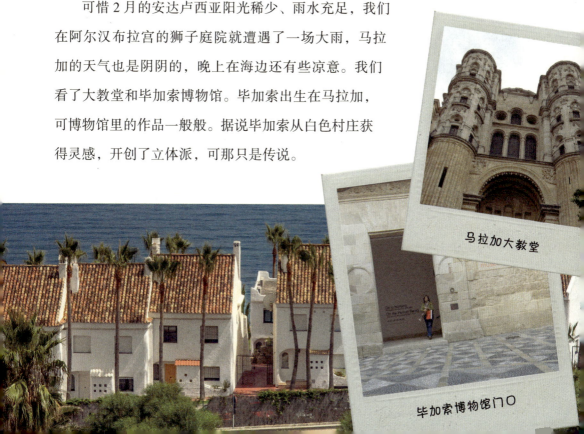

马拉加大教堂

毕加索博物馆门口

2

马拉加的大街与我对安达卢西亚的理解完全不一致，我感到它很像海南岛的三亚，很国际化和全球化，来不来都无所谓。去西班牙之前，我翻过《安达卢西亚的幽灵》，觉得它太文学，不实用，没仔细看。回到上海，再看有关马拉加的章节，才明白作者因伯格写得真好。

年轻诗人和画家阿尔韦蒂（Rafael Alberti）曾在 1920 年描述过马拉加：当他们抵达目的地的时候，天差不多快亮了，透过公园里的棕榈树，可以看见马拉加向大海睁开了双眼，将一株丁香花染成了红色，他们一起沿着海滩漫步，盐渍的小鲱鱼在阳光下闪闪发光，构成了一片光幕。

优美的马拉加在 20 世纪 70 年代前后建成现代都市，"一幢幢高大的混凝土建筑拔地而起，几乎完全挡住了我们的视线。海边的斗牛场，从建筑艺术的角度来说可以算得上是西班牙最漂亮的斗牛场之一了，可如今就连它也被粗俗的住宅及办公建筑给紧紧地包围了起来"。是的，我们住在马拉加的城堡旅馆，从山上望下去，虽然能找到斗牛场，周围却杂乱无章。

1840 年，法国浪漫主义诗人戈蒂耶认为马拉加的风光让人觉得好像到了热带一般，"到处都耸立着圆柱般的棕榈树，树冠延伸开来，直抵边上的树木"。

通过马拉加，我们也能看见安达卢西亚的另一面。

3

也许正是由于马拉加的景物索然无味，我们才对那里的美食记忆犹新。

我们在马拉加只待了一天，中午和晚上却在同一个家族开的饭馆吃喝。

麦克通过手机搜索，查到了当时马拉加名列第一和第四的饭馆，它们就

在一条马路的两边，几乎是门对门。我们中午吃的是排名第四的小店 Tapeo de Cervantes，店里只有几张小桌子，窄窄的过道，局促得可以。我在上海浦西类似的小店也就过餐，几张桌子，鲜美的上海菜肴，永远顾客盈门。但马拉加的小店比上海精致得多，店里到处是堂吉诃德与桑丘的画像。我十分喜欢《堂吉诃德》，还特意听了耶鲁大学有关的网上课程。

这家店提供的都是西班牙小菜，我们是风卷残云，上来一个消灭一个。意犹未尽，我们晚上又去了排名第一的 EI Mesón de Cervantes，它是中午那家饭店的老板的女婿开的，空间大几倍，装修也比较现代，可意味差了点。

人们的口味变化也快，等到我几个月后再查马拉加饮食排名，排名第一的是一家地中海加泰国菜的餐厅了。

4

到了国外，最对我胃口的是日本菜。我对唐人街的中国菜很排斥，因为它们大多是依当地外国人的口味制作的，对我们

小饭馆内的堂吉诃德与桑丘像

中国人来说，很难吃。只有在像旧金山和洛杉矶这样有足够多中国人的城市，才能吃到正宗的中国菜。相对而言，日本菜就可靠得多。或者说，非日本本土的日本菜即便不太正宗，也许还可以吃吃。

西班牙是除了日本以外第二个让我在饮食上如鱼得水的国家。

西班牙最有名的是小菜、海鲜饭和火腿，小菜是塔帕斯（Tapas），tapa的意思是"盖子"。导游介绍，塔帕斯的起源有三种说法：第一，13世纪的卡斯蒂利亚国王阿方索十世用葡萄酒治病，为避免空腹喝酒，搭配了小菜，称必须用小菜"盖住"酒精的影响；第二，15世纪时，天主教双王的车夫每次从酒馆出来就酒后闹事，于是，国王规定，酒精饮料要配小菜，用小菜"盖住"酒精的影响；第三，19世纪时，有位酒馆主人端出当地名产雪莉酒给国王阿方索十三世品尝，拿一片火腿盖住杯口，成了酒杯的"盖子"。盖子因此成了小菜的通称。

第三种解释最为流行。

塔帕斯以前是奉送给吃客的，后来小菜的种类越来越多，竟然变成了主食，当然也就收费了。

塔帕斯种类繁多，按游走欧洲的美食家林莹、毛永年夫妇的说法，大致可以分为八大类：第一类，点心串，是用竹签或牙签串着的食物，例如酸瓜鲔鱼鳗鱼串；第二类是巴斯克一口配，顾名思义，如熏鳕鱼烤椒等一口可以吃掉的小吃；第三类，迷你三明治，如牛排迷你三明治；第四类是有各种馅料的迷你塔，如腊肠鹌鹑蛋迷你塔；第五类是烘蛋饼；第六类是小盅，用红陶土小盅装的各种地道的散碎食物制作的塔帕斯，如油渍咸鳀鱼小盅；第七类是陶锅，是用陶制小锅盛装的食物，如香煎大蒜蘑菇；第八类是油炸食物，如炸土豆块、油炸鳗鱼等。

这八大类，我们可能都尝过，具体说来，就记不清了。我们至少去过两到三个专门吃塔帕斯的饭馆。

我们在巴塞罗那的主教堂广场旁吃过塔帕斯自助餐。我对自助餐没什么兴趣，哪怕是拉斯维加斯有名的"布菲"，偶尔会喜欢高品质的回转寿司，却对这种塔帕斯自助感觉极好，其实塔帕斯自助与回转寿司类似，都是计件的，回转寿司点盘子，塔帕斯自助点竹签，应该就是上面所说的第一大类。我们吃得太尽兴，还特意为服务生点了几份塔帕斯，几乎尝尽了看上去很好吃的小菜。

在我的印象中，吃得最多的还是海鲜类塔帕斯。西班牙是世界上仅次于日本消费海鲜最多的国家，食材未必是最珍贵的，但花样繁多。朋友麦克向来不喜欢海鲜，我们去巴厘岛吃海鲜大排档，他也是勉为其难，最过分的是我们在英国，偶遇一家法国生蚝吧，他竟然扭头就走，我永远不会原谅他，生蚝可是我的最爱。还好，麦克对西班牙海鲜的态度倒是比较包容，一时间让我忘了他在生蚝吧的"罪过"。

上海本帮菜传统上用的是浓油酱醋，过去上海人营养不够，觉得很好吃，现在就觉得油腻了。西班牙是世界最大的橄榄油生产国，有 200 万公顷土地种植橄榄树，其中 60% 在安达卢西亚。有位嫁到西班牙的日本主妇出了一本 87 道菜的西班牙家庭菜谱，介绍说：西班牙菜肴风味的关键就在于橄榄油。高品质的橄榄油不仅能带出食材的鲜味，凭借它的美味，也会产生高汤般的效果。橄榄油可以用作拌炒，可以让油炸物炸得更酥脆，可以直接淋在沙拉上，也可以用来保存食物。

离别西班牙时，我对西班牙美食念念不忘，除了火腿，塔帕斯罐头也可以带回家，因此买了好多海鲜塔帕斯罐头。回到上海，打开罐头，发现章鱼

等海鲜在橄榄油里浸泡着，不会腐坏，但在当地享用时的那种美味不见了，味道有些"木"。后来，我发现上海浦西复兴中路汾阳路附近的一家外国人开的超市也有西班牙海鲜小菜罐头，价格本来就不贵，又打了折，大家似乎都明白它没法与新鲜的相比。唯一让我感兴趣的是小银鱼（鳀鱼）罐头，配上白粥，味道还是那么地道。

塔帕斯配合了西班牙人独特的作息和饮食节奏，西班牙的旅游指南都会清楚告诉你当地的晚饭至少从9点才开始。西班牙人一天要享用五餐，按那位在西班牙的日本主妇的介绍，早餐很简单，是咖啡欧蕾与西班牙番茄面包；11点至12点则吃点心串和蛋饼等塔帕斯；14点到17点，回到家中，和家人一起享用最重要的午餐和葡萄酒，共度欢乐时光；18点左右，他们在咖啡厅享用茶品和甜点；21点左右则吃一些沙拉和蛋饼等简单的晚餐。

我们旅行中的午餐也不错，但享用时间最长的是晚餐，可是非要到9点以后才能用晚餐，而且看到这么美味的饮食，又不得不大吃一顿，胃的负担可想而知。我们就很迷惑地看着旁边的这些西班牙人，他们这么吃，晚上来得及消化吗？后来再仔细瞧人家的饮食规律，晚餐分两次享用，负担还可以。其实，塔帕斯都是容易消化的食品，不像其他欧洲菜肴，牛排大虾披萨和带有浓重奶酪的面，让我们的中国胃很不舒服。

5

2000 年，我在法国阿尔卑斯山下的格勒诺布尔游学，傍晚进城吃饭，却不知道哪些菜好吃。这时，会看看人家吃什么，然后让服务生照样记下。其实，我们有时到餐馆，见到邻桌有意思的菜肴，也会如法炮制。不过，像我们这么东张西望地看着别人点菜，不那么礼貌。后来一个人去巴黎，进入任何餐厅，点一份汤和沙拉，然后就是牛排和葡萄酒，反正每家餐厅的牛排各有特色。我那时希望尽可能地去看看景物，尤其是看博物馆画廊，体力消耗很大，任何牛排都不在话下。人真是很奇怪，那时的我还不像现在，基本不碰西餐。但到了法国，吃不到中餐，中午只能啃三明治，有次在里昂，一口气吞掉了大半个人高的法棍，里面夹着烤肉。后来，我去了土耳其的伊斯坦布尔，才知道这叫"沙威玛"，土耳其语是"转动的（烤肉）"。毛永年、林莹夫妇有过精确的描述：现在的做法是把肉类用橄榄油、酒、洋葱、芹菜、百里香以及其他香料腌浸一天以上，等到肉饱吸了酒水香料精华，再把腌好的肉层层堆成巨大的肉串，紧紧地串在直立式烤肉架上烧烤，大肉串用电机牵引着不停地旋转，特制煤气或电烤炉则竖立着围绕在大肉串三边，当外层肉烤熟时，就在肉串前方用利刃薄薄削下一层，用面包包着，立马可吃。沙威玛原来是这么的丰富，难怪忘不了。

在格勒诺布尔，我们遇见了在当地留学的上海人，他请我吃晚餐，一起去超市买生蚝，然后到他家去吃。但我印象最深的还是几位同学看到有人在司汤达故居附近的餐馆吃西班牙海鲜饭，于是也叫了一份，味道好极了。回到上海后想再续前缘，可惜一直没吃到正宗的海鲜饭。

这次我去西班牙，不仅吃了几次海鲜饭，对它的渊源也比较清楚了。欧洲至今还是以面食为主，西班牙和意大利等地菜单中却有各种"饭"。中国的水稻经过阿拉伯人传播到欧洲。8世纪的西班牙已经开始种植水稻。到1475年，意大利的波阿平原受西班牙的影响逐渐推广水稻的种植。直到1700年，水稻种植才在欧洲农业中占有一定的比例。现在西班牙则是继意大利之后欧洲第二大稻米生产国。

历史上，西班牙主要的稻米产地在以瓦伦西亚为中心的地中海沿岸地区。那时，瓦伦西亚的居民将野鸭肉、兔肉、鸡肉、蜗牛、番茄、甜豆和青豆等与米一起煮成味道不同的什锦饭。有趣的是，现在最有名的海鲜饭在什锦饭家族中是后起之秀，因为最早的瓦伦西亚什锦饭是不添加海鲜的，只加入兔肉、鸡肉、蜗牛肉和四季豆等。

毛永年、林莹夫妇将现在的西班牙什锦饭分成六大类：第一，什锦海鲜菜饭，饭里全部是海鲜；第二，瓦伦西亚菜饭，只用家禽肉或兔肉；第三，综合菜饭，混合肉类和海鲜；第四，蔬菜菜饭，采用多种蔬菜；第五，黑米菜饭，加入墨鱼汁，使饭呈黑色；第六，渔夫菜饭，用各种鱼肉、虾和米一起烹制而成。

这是大类，也容易为游客所理解。比如，在塞维利亚的一家饭店招牌上标示着金黄色、红色和黑色的三种海鲜饭，金黄色和红色的海鲜饭最常见，金黄色应该是番红花染的，红色来自于番茄；墨鱼海鲜饭较少，可它与意大利的墨鱼面相似，只是颜色讨巧。

不过，我从那位日本主妇的家庭菜谱看，什锦饭有各种变化，如香料海鲜饭放入香料，以感受伊斯兰文化影响。从照片看，我最喜欢的是淡菜砂锅炖饭，淡黄色的米饭中夹杂着橙色的淡菜，很诱人。西班牙也是世界上数一数二的淡菜产地之一，酒吧中有"柠檬风味的红葡萄酒蒸淡菜和月桂叶蒸淡菜，若是搭配带有酸味和果实风味的加里西亚产白葡萄酒阿尔巴利诺一起品尝，会好吃到让人停不下来"（《欧洲浪漫美食之旅》，上海科学普及出版社，

2008 年）。

我对西班牙淡菜的印象不深，可能还是负责点菜的麦克偏爱肉食的缘故。那次去英国，麦克一家没和我们一起去苏格兰，我们得以在爱丁堡的玫瑰大街上大吃三种不同味道调制的淡菜，中午吃完，晚上继续吃。上海的一些西餐馆也有淡菜，但比起欧洲的差了一截。

据说海鲜饭要保留一点汤汁才美味，我在塞维利亚主教堂广场旁吃的海鲜饭就有些湿湿的，我不爱吃，可能是习惯了上海菜饭吧。小时候，我几乎不吃蔬菜（可能是菜里几乎不放油，难以下咽），却爱吃菜饭（里面的咸肉有油水？），至今仍然是这样。

6

相比塔帕斯和海鲜饭，西班牙火腿在食材上可能是最讲究的。

西班牙的火腿分两种，一种是普通火腿，是用白毛猪腿做的；另一种是黑毛猪腿做的，被称为"伊比利亚火腿"，各种故事主要集中在它的身上。

考古发现，猪是除了狗以外最早被驯化的动物。长期以来，养猪有两种方式——林中放养和居民区圈养。在西欧，公元前 4000 年以前就开始放养猪了，它们吃橡子、栗子、山毛榉、榛果、浆果、苹果、梨和山楂。猪用有力的鼻子和尖利的牙齿从地下挖蘑菇、块茎、根茎和蛆，也会吃蛋、蛇、幼鸟、老鼠和其他小动物。

在中世纪早期，欧洲人用树林里的坚果养猪的收入远多于木材销售，后来封建领主开始看重森林资源，限定只能在秋天放牧猪，这时富含营养的坚果正好大批落下。现在欧洲只剩下极少数地方还保留了林中牧猪的传统，其中最著名的例子，就是在西班牙一些地方的橡树林季节性地放养伊比利亚黑猪。

　　我手中关于伊比利亚火腿的介绍很多,其中林裕森所著的《欧陆传奇食材》说得最细致。

　　伊比利亚猪是地中海猪种和非洲猪经数百年自然交配的产物,俗称"黑脚猪",可它们不全是黑脚黑蹄,有些还带点褐色。但无论如何,它们的皮色都比白猪和粉红色猪深。

　　伊比利亚小猪一般在秋天诞生,先喂养谷物和乳制品,圈养一年多,长到 85 公斤至 115 公斤。等到第二年秋天橡子成熟落地时,就可以将它们放到树林里去。由于它们一天要吃掉数公斤橡子,不能在同一片树林里放养太多的猪,否则彼此竞争,很难迅速增肥。

　　在这个阶段,不喂养伊比利亚猪任何饲料,只让它吃橡子和花草,增加 50% 的重量,才能制作顶级火腿。吃橡木子增肥的猪,肉质会更加肥腴,长出略带乳黄色的油脂,同时还会带有一股榛果香味。

各种不同的塔帕斯菜单

海鲜与美食

一头伊比利亚猪大约要长到 17 到 18 个月才能宰杀，而白猪 9 个月就能长到 160 公斤。所以有些西班牙农村让伊比利亚猪配种白猪，这样会长得快一些。但根据规定，如果伊比利亚猪的白猪血统超过 25%，就只能视为一般的火腿。我好奇的是，如何检验血统的纯度？

7

成熟增肥后的伊比利亚猪后腿重约 8 到 11 公斤，前腿重约 5 到 8 公斤。欧洲其他国家的生火腿一般要去除猪蹄和猪脚，而西班牙的火腿统统都是连脚带蹄带骨制作的，因为它们风干时间较长，在此之前不能破坏肌肉组织。所以伊比利亚猪后腿看上去细长得像一把小提琴。

伊比利亚猪腿的腌盐时间倒是比西班牙的白火腿短，一般是 1 公斤腌一天，8 公斤的也就八天而已，而白火腿需要腌两个星期。

腌完后，火腿直接吊在通风的风干室里放上 18 个月到 24 个月。在此期间，火腿会有许多微妙的变化。开春后的气温逐渐升高，湿度下降，使得火腿风干的速度加快。等到夏季气温上升到 30 度后，部分火腿的油脂开始融化，伴随着一系列的化学变化，伊比利亚生火腿特有的香味开始出现。经过一年半的风干后，火腿会减少约 35% 的重量。

伊比利亚火腿与一般的白火腿相比，它的皮下脂肪肥厚，将后腿密实地包裹起来，经得起储存。一般的白火腿为了避免肉质变干，都会在火腿的切口、腿肉外露的部分涂抹一层猪油或类似物来保留火腿肉的水分，伊比利亚火腿则不必。

林裕森认为伊比利亚火腿很符合西班牙人粗枝大叶的个性，它虽然耗时，但不需要太多的功夫，靠的是全自然的条件，无须太过操劳或高超的技术。

还有一点很奇怪，我们在西班牙的菜市场看到，卖火腿的人还推荐猪肩膀，叫 Paletas，卖得竟然比后腿还贵。我们尝过，觉得它没有后腿好吃，所以没买。

伊比利亚火腿分为三个等级：第一等，橡木子等级（Bellota），符合上述最理想条件的猪的火腿；第二等，再喂饲料等级（Recebo），到山间放养过，却无法实现增肥50%以上计划，只能回到农场再喂养饲料的猪的火腿；第三等，饲料等级（Cebo），是指那些没有机会到山间，从始至终都在吃饲料的猪的火腿，它们的脂肪颜色较白，也没有特殊的榛果味。

我十多年前在意大利某个城市的清晨吃到鲜嫩的生火腿，真是难忘。我到了西班牙，只要有可能，就要尝尝新鲜切割下来的伊比利亚火腿。我们在西班牙游玩了两个星期，对当地菜肴的激情已过，最后一晚在马德里餐馆还是点了一盘火腿，照样好吃啊。我们在塞维利亚的菜市场买了一大堆袋装伊比利亚火腿，带回上海，几乎每天早餐都用面包夹着火腿，味道香美，只是太扎实，午饭要推迟一个小时。如果能买整只伊比利亚火腿，每天切一点，该是多么惬意的事情。

8

欧洲饮食大多受到法国菜系的影响，西班牙却独树一帜，且照样脍炙人口。我们上面介绍的那位居住在西班牙的日本主妇分析过原因，说得很有道理。首先是受多元文化的影响，西班牙在公元前就是罗马的粮仓，8到15世纪，灌溉系统完备，农业很发达，建立了大量使用蔬菜、米和水果的西班牙料理的基础。追根究底，西班牙小吃的小碟饮食习惯来自于阿拉伯和犹太饮食文化传统，这与我们在西班牙的建筑艺术中观察到的现象是相当一致的。日本主妇说她曾在阿尔汉布拉宫附近的餐厅吃到过柳橙沙拉，柳橙、鳕鱼和黑橄榄不可思议地组合在一起，让人感受到犹太文化的存在。相比建筑艺术，我对西班牙饮食中的这些要素更是吃不准。我去西班牙之前的几个月刚去过以色列，没感到当地的传统菜肴有何特别好吃的地方，来到西班牙，也特意去吃了两次阿拉伯菜，也没什么感觉，为什么两种饮食风味混合起来就这么好吃呢？

其次，在15世纪的西班牙大航海时代，番茄、辣椒和马铃薯等食材从新大陆率先登陆西班牙，然后传到欧洲及其他地方。西班牙人对这些食材运用自如，这是我们有所感受的。比如马铃薯在西班牙菜肴中特别好吃，回味无穷，西班牙的辣椒也经常在小菜中出现，非常可口。

<h2 style="text-align:center">9</h2>

我在西班牙肆意享受美食，有时不免对自己会不会肥胖有些担忧。我在20岁时开始抽烟，后来越抽越多，对美食倒没什么兴趣。2001年底一举戒烟，当时为了转移注意力，狂吃哈根达斯、玉米片和巧克力，几个月内，体重从120多斤涨至140多斤。后来体重稳住了，但这几年变得又好吃了，涨至150斤。

千金难买老来瘦。我小时候，很少见到胖子，尤其是南方人，到中年仍一个个像瘦猴似的。这20年来，中国人的生活水平迅速提高，非传染性疾病却也增多，如糖尿病、高血压、中风、心肌梗塞、动脉粥状硬化、心血管疾病和癌症等。

这是个世界现象。贾雷德·戴蒙德在《昨日之前的世界》中，把现代西方生活中影响健康的四大杀手归结为"盐、糖、油、懒"。

从理论上来说，只要多吃生鲜食物，如低脂乳酪、全谷物、鸡肉和鲜鱼

（脂肪含量高的鱼也可）、蔬菜油和核果，少吃加工过的食品，尽量不吃红肉、糖果、含糖饮料、奶油、胆固醇和饱和脂肪，就可以抵御"富贵病"。贾雷德·戴蒙德认为地中海饮食就是健康的："以蔬菜水果、鱼类、五谷杂粮、豆类和橄榄油为主的饮食风格，虽然脂肪含量达38%，然而有一半来自对人体有益的单元不饱和脂肪。他们不只吃饼干、喝水，也拥有西方文明流传下来的伟大厨艺，像意大利人每天会花好几个小时享受披萨、面包、乳酪、橄榄油等，却是西方世界当中最窈窕的族群。"（《昨日之前的世界》，中信出版社，2014年）

芬兰政府努力了20年，要求人民减少盐的摄入量，以降低血压，结果中风和冠心病致死率分别降低了75%和80%，人民的平均寿命得以延长5至6年。

还有一个有利于健康的重要因素是吃得慢一点，不管是意大利人、法国人还是西班牙人，他们边吃饭边聊天，一顿饭可以吃很长时间。我们越是狼吞虎咽，就会吃下越多的食物，因此会变胖。"吃得太快，身体组织会没有时间释放抑制食欲的荷尔蒙。"

俯瞰马拉加市港口

第八章
大清真寺

1

开车从马拉加到科尔多瓦也是两个小时，我们在安达卢西亚都是自驾游，顺便看看当地的生活状况。西班牙经济危机刚过去没两年，但几乎看不出任何痕迹，我们特别注意周边有没有烂尾楼，可只看到一处疑似的。当然，通过阅读西班牙华人的微信通讯，我们知道当地的房地产在 2014 年仍没什么起色。

在安达卢西亚的公路边经常出现黑色的公牛剪影，有时很想停车仔细观察一下到底是怎么回事。回到上海，阅读韩国人崔度星写的西班牙游记，才知公牛图案是奥斯本雪莉酒公司（Osborne Sherry）的广告牌，从 1956 年就开始在西班牙的高速公路旁矗立着。到了 1988 年，政府以这些广告牌阻挡了自然风光为由，勒令把这些广告牌撤走，却遭到国民的反对，他们认为公牛广告牌已经成为西班牙这个国家的特征，不能随意拆走。最后政府妥协了，公牛图案可以留着，但上面的商业元素必须去除。所以，我们今天见到这些广告牌，难免会感到纳闷。

出门在外，没有当地的朋友和导游陪伴，碰到一些有意思的细节，没法知道答案。有不少细节，我回家后只能努力查考资料，找到谜底。

安达卢西亚的山地风光非常美丽，很像我在意大利乡间看到的，一大片绿地中，只有一棵树，很静很美。可惜车子行驶在路上，一阵晴一阵雨，很多美景笼罩在雨雾中。在山区中开车，雨一大，眼前什么也看不见，更不要说周遭的风景了。

黑色公牛广告牌

安达卢西亚全年 3000 个小时的阳光和仅仅 30 厘米的年降雨量，使干燥成为其最明显的特征。可我们来这里时，格拉纳达和马拉加在下雨，科尔多瓦在下雨，塞维利亚也在下雨。去西班牙的两个星期前，我们就在注意安达卢西亚的气候，发现各地潮湿阴冷，与上海差不多，当时就觉得很奇怪，没承想到了当地，还在下雨。我起的书名是"安达卢西亚的雨巷"，一个稍微了解当地气候的人肯定以为我在写超现实主义的诗歌呢。

安达卢西亚最好的旅游季节是 4 月、5 月、10 月和 11 月，当地最舒服的季节是秋天，可是安达卢西亚最热闹的节日在春天，像塞维利亚的狂欢节和科尔多瓦的庭院节等。其实西班牙就是一个狂欢的民族，去体验一下是很有趣的。

我们 2 月份去安达卢西亚，是旅游的最淡季。好处是安静，可以体会许多景致的妙处，例如阿尔汉布拉宫等王宫，如果是旺季去，很难静下心来欣赏。这与我们节假日去苏州园林，人山人海，是一样的道理。

缺点也很明显，那就是难以体会当地的特殊风味，毕竟冬季是安达卢西亚的非常态。一到夏季，西班牙所有的午餐菜单都会出现"冷汤"这道料理，而尤以安达卢西亚（科尔多瓦）最为有名。西班牙冷汤的历史可以追溯到罗马时期，原来是以撕碎的面包为基底制成的汤，现在包括意大利冷汤在内的地中海冷汤大量使用番茄和橄榄油，利用大蒜、洋葱和辣根来刺激食欲。据毛永年夫妇介绍，安达卢西亚最著名的 Gazpacho 蔬菜冷汤是将甜椒、大黄瓜、洋葱、番茄等蔬果炒香后，加上高汤一起打泥，并加入面包屑增加稠度，上桌的时候再淋上橄榄油，融合蔬菜的自然甘甜，滋味颇为清爽。

西班牙冷汤的种类也很丰富，《堂吉诃德》中有以野鸟和兔肉等肉类搭配干面包的冷汤，也有不使用蔬菜而改用新鲜杏仁的冷汤，近来，出现了在小玻璃杯中盛入冷汤的小菜，也很受欢迎。

据说法国拿破仑三世的夫人欧仁妮（Eugénie de Montijo，出身于格拉纳达）是西班牙人，她将冷汤推广至全世界，又经过各地人的创造，与西班牙冷汤的特色已有所不同。如东欧和中欧，喜欢用当地夏季盛产的大黄瓜、菠菜和甜菜作为冷汤食材；法国著名的冷汤是维基冷汤，内容是青蒜洋芋汤。

2

沿着瓜达尔基维河（Guadalquivir）来到罗马桥（Roman Bridge of Córdoba），我们知道快到科尔多瓦市中心了。

科尔多瓦的战略位置十分重要，位于瓜达尔基维河河口，是通往整个安达卢西亚地区的门户，在公元前152年到公元前169年之间是罗马人的殖民地，现在大桥的基座是古罗马的残存建筑。科尔多瓦作为罗马城市长达8个世纪，摩尔人在公元711年入侵科尔多瓦，一直到1236年才被基督教军队征服。罗马桥附近，摩尔人的磨房水车的轮子将水通过天才设计的高架渠输送到城市中的广场，不过，那个轮子早已不存在了。伊莎贝拉女王在附近的城堡住宿时，嫌水车的噪声太大，下令把它拆毁。后来水车重建，但在1993年的一场大火中又被毁掉。现在的水车是重建的，看上去很不错。科尔多瓦人很喜欢这座摩尔人的遗迹，把它放在自己的市徽里。

每到黄昏，金色的余晖落在罗马大桥上，就是一幅天然的油画。晚上，大桥和两岸的门塔及大清真寺的围墙灯火闪烁。我们在大桥边散步，一群水鸟嬉戏在河滩上，突然一条大狗从我们身边跑过，向河滩奔去，水鸟惊起。

清晨的罗马桥旁，河滩上树木丛生，姿态万千，让我想起《清明上河图》开始的那个段落。

3

科尔多瓦是罗马哲人塞涅卡（Seneca the Younger）的故乡，塞涅卡出生于贵族世家，幼年时来到罗马，受到良好的教育，自己也很刻苦。他以律师职业起步，以雄辩著称，受到罗马上流社会的青睐，当选为元老院财务总管，但因莫须有的政变同谋罪名，被放逐科西嘉岛8年，这倒成了他研究哲学的大好时光，成为讲究忍耐节制的斯多葛学派的代表人物。接着，塞涅卡时来运转，成为12岁的皇太子尼禄的老师，又回到罗马显贵的行列中。塞涅卡观察他那些富有的朋友，发现他们整天怒气冲冲的，不断抱怨，有个朋友的奴隶在宴会上打碎了一只玻璃盘，他竟然下令将奴隶扔进了鳄鱼池。于是，塞涅卡得出了著名的结论——富有培养坏脾气。

尼禄有一阵子对塞涅卡很友好，对他大加赏赐。尼禄不顾自毁声誉，大肆敛财，塞涅卡不无讽刺地评论道："有些公开主张刻苦风尚的人趁此机会也贪得无厌，出来大肆瓜分土地和房产，人们不禁大为骇异。"

尼禄终于将人性的阴暗面彻底暴露，不断杀害至爱亲朋，塞涅卡见势不妙，赶紧告退。但尼禄没有放过他，在塞涅卡担任教师的15年后令他自戕。

后来法国的随笔大家蒙田认为人们没必要在死亡之前思考死亡，临终时再想也不迟，还引用了塞涅卡的一句话："在必要痛苦以前就痛苦，实在是痛苦得超过了必要。"不过，塞涅卡说这句话时，不可能想象自己的死亡会是如此的痛苦。

塞涅卡割断自己的血管，鲜血直流，却死不了。他忙向身边的医生要来毒药服下去，身体冰凉，可还是没死去。最后，他只能走进浴场，在滚烫开水冒出的蒸气中窒息而死。

英伦才子阿兰·德波顿（Alain de Botton）写了一本《哲学的慰藉》，书中

科尔多瓦建筑群与水中倒影

有一部分内容重点谈了塞涅卡的死，文笔不错，但塞涅卡所受的迫害和死亡没有给我启发。我这次看了法国史学家让·德科拉的《西班牙史》，觉得还是他说得中肯："哲学家塞涅卡是由于教育尼禄失败，又不得不服从作为皇帝的尼禄而绝望自杀的。这也许就是他遗留的最崇高的教训。"

塞涅卡预言了1500年后哥伦布将在西班牙后人的支持下发现新大陆："世界暮年之时，大西洋必将解开禁锢之物。将有巨洲浮现。一位新的水手，如指引伊阿宋（希腊神话中夺取金羊毛的英雄）的提费斯（伊阿宋船上的舵手），将会发现新的世界，图雷岛（冰岛）不复为世界之末。"

1846年，大仲马从罗马桥进入科尔多瓦，想寻找塞涅卡的故居。据说他到处打听，终于有个晚上从男士俱乐部被人引到了一所房子，但那里已是一家妓院。

4

车子开过中世纪的城墙，现在地下被巧妙地变成了大型停车库，对面是基督教君主堡垒，这里曾是天主教双王进攻格拉纳达的军事总部。格拉纳达内乱时，末代君主波阿布迪曾跑到科尔多瓦避难，被幽禁于此。其后300年里，它又成为西班牙宗教裁判所的基地。现在人们对里面古罗马的马赛克大厅和公元2世纪或3世纪的罗马石棺最感兴趣。

从古城墙的大门进去，停车处就是犹太人区的一个入口，我们的酒店拉斯卡萨斯（Las Casas）正在那里。拉斯卡萨斯当然没有阿尔汉布拉宫的修道院国营旅馆气派漂亮，可也有自己的韵味。它原来是几个穆德哈尔风格的摩尔人庭院、一个花园和一个果园的集合，在16世纪末经历了一次重大的文艺复兴式风格的整修，基本上是浓缩了安达卢西亚园林的发展史。我们在这里的饭馆吃了两次晚餐，水准相当不错。

总之，酒店的风格相当随意，有点像住在当地朋友家里的感觉。

5

从酒店穿过犹太人区小巷，就是与阿尔汉布拉宫相提并论的科尔多瓦大清真寺（Mosque-Cathedral of Córdoba，其实还是稍逊一筹的）。它是西方世界最大的清真寺，总面积近24000平方米，只比27000平方米的伦敦圣保罗大教堂小一些，大于塞维利亚大教堂（23400平方米）和梵蒂冈圣彼得大教堂（23000平方米），比排名世界第五的伊斯坦布尔的圣索菲亚大教堂（8000平方米）更是大太多了。

这么大的建筑不可能一蹴而就，它经历了200多年的建设，在多位摩尔人君主的统治下完成。摩尔人入侵科尔多瓦后，把它变成了首都，虽然他们是统治者，在相当长的时间内还是让摩尔人、犹太人与基督徒和平共处。大清真寺原址是西哥特人的修道院，在摩尔人征服科尔多瓦的协议书上就规定基督徒必须放弃它们的一半，改为摩尔人的清真寺。

前面说过，东伊朗的穆斯林在公元747年反抗倭马亚王朝，公元750年，取而代之，建立了阿拔斯王朝。倭马亚王朝家族中人阿卜杜·拉赫曼一世于公元756年在科尔多瓦建立了自己的王朝。

拉赫曼一世高大魁梧，金色头发，是个独眼龙。在史学家德科拉的眼里，拉赫曼有着独裁者通常具有的离奇性格。他把阿拔斯首领的头颅晾干，用王朝的黑旗包好，呈送巴格达的哈里发；他也曾叫人在花园里种上棕榈树，表示怀念故土大马士革。

拉赫曼一世决定买下修道院土地的另一半，起先基督徒不同意，但最后

科尔多瓦的图标

连接罗马桥与科尔多瓦的桥之门

在压力下还是以 10 万第纳尔卖了。无论如何，拉赫曼一世没有强夺，更没有借故赶走基督徒，作为君主，相当不错。

与基督徒达成协议后，原来的教堂被拆除，清真寺在 786 年动工。两年后，拉赫曼一世逝世。其后，主要进行了三次扩建，在扩建中，仍然碰到需要拆迁附近建筑的难题。

最后一次扩建是曼苏尔（Almanzor）执政时期的 987 年，这次大清真寺扩建了八条新的通道，庭院也扩大了。曼苏尔被称为"凯旋者"，是著名的勇士。

为了扩建清真寺，曼苏尔打算买下一条街道和街道上的房子，但有一位老妇人不想离开她种有美丽橘树的庭院和房子，曼苏尔不得不为她建造了一栋一模一样的新房子，并在院子里种上了橘树。

拉赫曼一世设计的大清真寺是一个长方形的祈祷大厅，它的形制是巴西利卡式的，这也是传统基督教堂的式样。著名的耶路撒冷的阿克萨清真寺（Al-Aqsa Mosque），比大清真寺早建 70 年，也是同样的形制。可能是拉赫曼一世年轻时在东方见过类似的清真寺，为了实现复兴倭马亚王朝的雄心，才这样修建的吧。

大清真寺采用了一系列的拱顶，这些拱顶由石柱、横梁、上方圆形拱顶以及马蹄形拱顶组成。今天，我们看得最清楚的就是这些双层拱顶，比较流行的解释是，这种解决方案在历史上没有先例，当时的建筑师从西班牙梅里达（Mérida）的古罗马高架渠得到灵感，这些遗址的柱子之间有层层叠叠的支撑拱顶。结果大清真寺的拱顶使用了拱石和红色砖块交替的罗马帝国末期的建筑技巧（下层的马蹄形拱顶来自于西哥特人），大清真寺最初有 152 根石柱，柱头和装饰线各不相同，全都是从古建筑中获得的。平静的拱廊、巴西利卡的结构结合在一起，透露着一种希腊主义的风味。

大清真寺的多柱式，在可无限扩张的空间内有大量单独且相对较小的支撑结构，成为早期清真寺的典范，在当时流行开来且有许多变体。

从外面看，大清真寺看起来像一座到处是门的堡垒。正门叫"赦免之门"，可以追溯至 14 世纪，是典型的穆德哈尔风格。

从赦免之门进入，里面是个大型庭院，几乎与清真寺里的祈祷大厅一样大，最开始的用意是如果祈祷大厅人满为患，也可以在院子里祈祷。在摩尔人时代，这里是信徒在进入清真寺之前清洁身体的地方，它周围的房间则是供女人使

维齐尔之门，大清真寺最古老的门之一

用的祈祷室。现在寺院里种满了橘树和棕榈树。

人们头一回进入室内，德科拉描述道：

恍若身处迷宫，尽是形式各异、色彩斑斓的圆柱，有带白纹路蓝色的，还有黄色的、红色的；有带白纹路红色的、灰色的和绿色的……当人们坐下来，以便斜视那些门拱和圆柱夹成的甬道时，就会觉得置身于无边无际的丛林之中。日光从大小门洞与穹顶照进来，整个清真寺显出神秘的外貌，信徒们静悄悄地行进在若明若暗中，就像中了魔法的骑士走进大理石森林里，他们脸上毫无表情，举止审慎拘束。……一个人迷失于玄妙神奇的森林里，被一根根碧玉柱同伊玛目隔离开，孑然一身，无比渺小。（《西班牙史》，商务印书馆，2003年）

原来的大清真寺内有1013根柱子，现在幸存856根，在柱子的丛林中游走，确实有些迷失感。

真正让人迷失的是中央的一座大教堂！

我来科尔多瓦之前，看过大清真寺的介绍，知道它也是大教堂，可是很难想象它的结构如何。我去过伊斯坦布尔的圣索菲亚大教堂，后来变成了奥斯曼帝国的清真寺。两处都有四座像笔一样的宣礼塔，在半圆形后殿的右边台阶上设置了讲道台，每逢周五，阿訇就在这里讲经，马赛克圣像画曾被石灰水盖住。最引人注目的变化是大厅内墙上挂着黑色的直径7.5米的巨型圆盘，上面用阿拉伯文写着先知穆罕默德等一系列伊斯兰教世界公认的圣人的名字。

在科尔多瓦大清真寺的中央真的建有一座大教堂，不到实地，不会相信。我已去过巴塞罗那、马拉加和格拉纳达的大教堂，对它们的格局已经比较熟悉了，所以不会认为这里的大教堂会有什么两样。

大清真寺内景

比如主祭坛、讲道台、唱诗班席位、管风琴、祭坛屏风和礼拜堂等都是大教堂的标准配置。唱诗班席位是用红木雕刻而成，红木是用和美洲人做生意的大船从古巴带过来的。讲道坛上雕刻的公牛图案，传说是代表运送修建讲道坛石料的牛群，最终死于疲劳。

沿着大清真寺的墙壁有 50 多个礼拜堂，大部分是在文艺复兴和巴洛克时期建成的，有个礼拜堂的柱子上刻着十字架，传说是基督徒囚犯用他的指甲刻的，十字架旁边还有一座蜡像，据说以前一有火焰靠近蜡像，它就会流泪。这当然是臆测，因为摩尔人不会在大清真寺这么神圣的地方关押囚徒。

大教堂里还收藏并展出典型的科尔多瓦银器，几百年来，这座城市一直以其精美的银器著称，最著名的就是圣体匣，在基督圣体节（Corpus Christi）这天，它会被教徒拿着在各个街道巡游。

科尔多瓦在 1236 年被征服后，开始只不过在宣礼塔放置了一个基督教十字架，把清真寺"神圣化"为大教堂。后来，为了方便基督徒祈祷，清真寺不断改变，但没有伤筋动骨。1523 年，曼里克主教（Alonso de Manrique）提议在清真寺的中央修建大教堂，这遭到一些科尔多瓦人的反对。当地市议会宣布，参与拆除清真寺的工匠或建筑师都将被判处死刑，但大教堂计划得到了查理五世的批准。

任何文献都会提到的是，查理五世第一次来到这里，看到自己的决定给大清真寺带来的损害时不禁发出感叹，人们所建的东西随处可见，而其摧毁的，却是世界上独一无二的。

查理五世后来还拆除阿尔汉布拉宫的一部分，建造了大煞风景的怪物——查理五世宫。

不过，如果在大清真寺里没有挤出这个大教堂，它今天能不能保存得那么完好，甚至在不在都是个问题。科尔多瓦历史上至少有 500 座清真寺，但现在留下来的只有它了。

8

有一天晚上，在马德里，我问出租车司机："摩尔人给西班牙带来了什么？""一堆问题。"他说，没有一秒迟疑。

摩尔人是伊比利亚半岛的穆斯林，他们在西班牙居住了 8 个世纪，总共 32 代人。

乌拉圭作家爱德华多·加莱亚诺（Eduardo Galeano）在《镜子：照出你看不见的世界史》中讲过一个小故事，并罗列了一份摩尔人留给西班牙的遗产清单：

最终毁在天主教双王手里的宗教宽容政策；

风力磨坊、花园和至今还在为多个城市提供饮用水、灌溉农田的水渠；

公共邮政服务；

醋、芥末、番红花、桂皮、土茴香、蔗糖、油条、肉丸、干果；

象棋；

数学零和我们今天使用的数字；

代数学和三角学；

阿那克萨哥拉、托勒密、柏拉图、亚里士多德、欧几里得、阿基米德、希波克拉底、盖伦等先贤的经典著作，正是因为有了阿拉伯文版本，这些著作才得以在西班牙、在欧洲流传；

西班牙语中的 4000 个阿拉伯语单词。

大清真寺内部的拱形结构

还有好几座精妙绝伦的城市，比如格拉纳达，一首不知作者姓名的歌谣这样歌颂它（大意）：施舍一点吧，好心人，世上最痛苦之事，莫过于身在格拉纳达却是盲人。

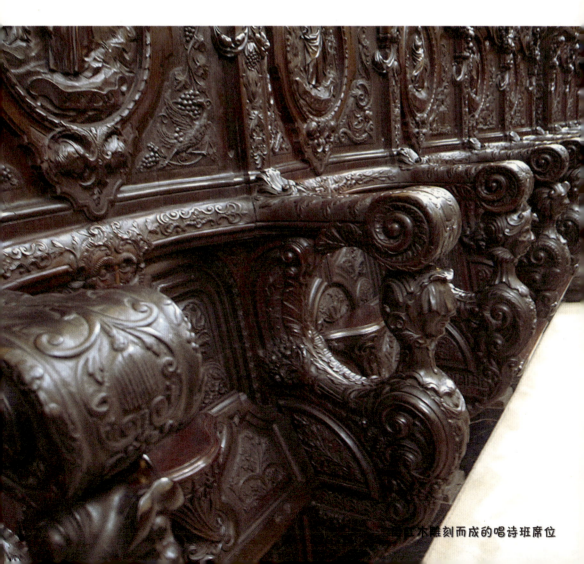

由红木雕刻而成的唱诗班席位

第九章
犹太小巷

1

大清真寺就在犹太人区内或者其边缘，我没有仔细考察过它的边界，只是尽可能地多走走，即便过了大清真寺，很多庭院与屋子仍有相似的韵味。

在格拉纳达，由于我过度关注阿尔汉布拉宫，又在充斥着旅游营销气息的阿拉伯街道上花费了不少时间，在真正的历史居民区阿尔拜辛只是走马观花而已，所以，我这次尽量花时间徜徉在中世纪的犹太人区内。下着雨，我大清早独自一人在与昔日上海弄堂很相似的巷子里走来走去，辨识着各种可能的迹象。

旅游指南中说到犹太人区的某某广场，其实所谓的广场大多很小，也就是门前的一块空地，有时觉得大宅里庭院的空地也可算一个广场，因为外面的街道实在蜿蜒曲折，十分狭窄。这是不是自然演化的结果？看来是屋子的主人尽可能地扩张自己的私人空间，公共地段因此相应缩小了？我十几年前看过一个刚开盘的别墅，它的私家花园很大，而且是开放式的，也就是说没有围墙，让人感到视野很开阔，我的朋友因此买了一套。几年后，朋友邀请我去那里，可我已经认不出来了，到处是围墙，花园都看不见了，只有围墙夹着很狭窄的小道。每户人家的私家花园虽然很大，却失去了广阔的视野，有点像把自己囚禁的监狱。

犹太人区是著名的旅游景点，不可避免的有饭店、商店、旅店和小型博物馆，好在我们去的时候是淡季，游客不多，住在里面的我们可以从容地体验。

犹太人区的中心有一座古老的文艺复兴风格的宅子，内有各种庭院，现在是斗牛士博物馆，纪念1947年被公牛顶穿腹部失血过多而死的27岁的科尔多瓦斗牛士马诺来特（Manolete），博物馆里还有凶手公牛的皮。不过，我对此不感兴趣，而是饶有兴趣地去了据说是12世纪宅院的"安达卢西亚之家"

"安达卢西亚之家"的庭院　　　　　　　　　　　　庭院内的喷泉

（Casa Andalusi），里面展示了西方第一批造纸厂的模型。只有阴暗的地下室现有一些马赛克的地砖，这才是 12 世纪的遗存？无论如何，作为摩尔人传统的庭院，还是有点意思的。

犹太人区还是哲学院和文学院的所在地，文学院建于 1704 年，当时是唱诗班男孩的学校。这些学院的规模也就相当于一幢比较好的公馆而已，外人很难相信。《安达卢西亚的幽灵》认为，它们属于科尔多瓦的私立伊斯兰大学，从阿尔及利亚到巴基斯坦，为数众多的富豪为学校提供捐款。学校的注册人数很少超过 100 人，他们必须首先学习阿拉伯语，学校的 10 位教师全是皈依伊斯兰教的西班牙人。怪不得门可罗雀。

2

我在种植着橘树的空地（广场）上看到一位东方装束学者的塑像，坐姿，很古朴。摩西·迈蒙尼德（Maimonides），生于 1135 年，卒于 1204 年。我两次去迈蒙尼德广场，想琢磨出个究竟，都无功而返。

回到上海，从资料得知迈蒙尼德是犹太人的经师和医生。他还是个哲学家，评述了希伯来法典律法书，在此之前，希伯来律法是零散无序的，还把拉比们有关律法的多种著述进行统一汇编。写下《迷途指津》，帮助犹太人超越真理和信仰的矛盾。当时的犹太人通过阿拉伯人的翻译发现了希腊哲学，迈蒙尼德以亚里士多德为依据，认为一切真理的最高定律都必须是可以严谨地加以理性论述的。这条犹太启蒙之路从迈蒙尼德一直通向数百年后的大哲学家斯宾诺莎。

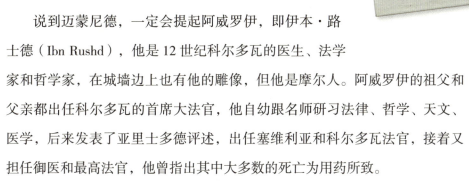

迈蒙尼德雕像

　　说到迈蒙尼德，一定会提起阿威罗伊，即伊本·路士德（Ibn Rushd），他是 12 世纪科尔多瓦的医生、法学家和哲学家，在城墙边上也有他的雕像，但他是摩尔人。阿威罗伊的祖父和父亲都出任科尔多瓦的首席大法官，他自幼跟名师研习法律、哲学、天文、医学，后来发表了亚里士多德评述，出任塞维利亚和科尔多瓦法官，接着又担任御医和最高法官，他曾指出其中大多数的死亡为用药所致。

　　阿威罗伊评述了亚里士多德的全部作品，也是最早将亚里士多德介绍给中古欧洲的人，所以被欧洲学界视为中古经院哲学的代表人物之一。

　　遗憾的是，迈蒙尼德与阿威罗伊身处的 12 世纪是科尔多瓦的科学与哲学文化思想由盛转衰的时代，两人晚年都受到宗教迫害，阿威罗伊受到审判，被软禁在科尔多瓦的市郊，著作被焚。不久，他被召回北非，很快就去世了，一头骡子将阿威罗伊驮回科尔多瓦，骡背上载着他的遗体和他的禁书。迈蒙尼德也死在异乡开罗。

3

　　犹太人区有个犹太会堂的遗址，是西班牙留下来的三个老会堂之一，建于 1315 年，一直使用到 1492 年，这一年犹太人遭到驱逐。此后作为狂犬病医院，到了 1588 年之后为鞋匠公会所有，并增建了一座礼拜堂，献给鞋匠保护圣徒。

19 世纪末，人们去除覆盖在墙上的灰泥，发现它原来是座犹太会堂。我第一次去，不开门；第二天早晨去，进去了。会堂十分简朴，只遗留下一些植物和几何图案。我不是这方面的专家，没看出什么名堂来。

伊莎贝拉女王为驱逐犹太人亲笔致信梵蒂冈大使："我是巨大灾难发生和众多城市、地区、省份和王国人口减少的原因所在，但我的行动是源于对基督和圣母的爱，那些说我做这些是出于贪婪的人是骗子和中伤者，因为我从未碰过那些从犹太人手中没收的东西。"

她在说谎。塞斯·诺特博姆（Cees Nooteboom）指出："犹太人被禁止带走自己的钱财，所有通过宫廷命令被永久罚没的东西都被用于抵抗阿拉伯的军事行动。"（《绕道去圣地亚哥》）

4

在 13 世纪和 14 世纪，英国、法国和德国都出现过对犹太人的迫害，显得相对宽容的西班牙成了这些国家犹太人的避风港。犹太人在西班牙的金融贸易方面有着举足轻重的地位。1492 年，20 万犹太人离开故土，其中 12 万人去了葡萄牙，其余去了意大利和奥斯曼帝国。

卡斯蒂利亚王国的上流社会一直存在着强烈的反金融贸易倾向，他们崇尚武士、牧师和贵族地主。犹太人的离开意味着西班牙毁灭了自己的金融系统，不得不依赖外国银行家。几十年以后，西班牙人痛恨的热那亚金融家控制了他们的海军资金，并由此出现了外国银行家管理王室财政的局面。

艾米·蔡在《大国兴亡录》中指出："这种对于外国金融家的依赖非常危险，因为这一时期正是西班牙最为活跃的帝国扩张期，尤其是在美洲的扩张，海军远征和各种战争必须依靠看似无穷无尽的外国资金的支持。所以，出现了一种十分奇怪的现象，当它发现并开采储量巨大的珍贵金属时，这个庞大的帝国竟然到了破产的边缘。"

1557 年和 1575 年，西班牙王室两度宣告破产，突然之间，西班牙国王意识到了犹太金融家的重要性。1580 年，西班牙兼并了葡萄牙，因为急需资金，王室向葡萄牙犹太人贷款。犹太人以为宗教迫害结束了，很多人回到了一个世纪前逃离的故土。可是，西班牙的异教裁判所故态复萌，1590 年又开始迫害犹太人。1609 年，西班牙再次驱逐犹太人，一并被驱逐的还有摩尔人。1614 年，西班牙驱逐了近 25 万名摩尔人，摧毁了安达卢西亚的农业基础。

顺便一提，西班牙驱逐犹太人，最大的受益者是从西班牙哈布斯堡王朝独立出来的荷兰，它迅速变成了一个富强的海上贸易帝国。

5

也许是距离太近的关系吧，我走在上海那些已经被保护起来的弄堂和新村时，没有在犹太人区小巷这么感情复杂。我不知道这里还有没有犹太人，如果有的话，他们是不是被驱逐者的后代？当时，已经在西班牙居住了 13 个世纪的犹太人被赶走，临别时，把家门钥匙也带在身上，有的人至今还保留着家族留传下来的钥匙。

其实，从 15 世纪开始，西班牙就强制推行血统制度，曾经实行了好多年，凡是犹太人、摩尔人或异教徒的后代，哪怕是第七代孙，都不能从军或者担任政府公职，也不能入教会。从 16 世纪开始，这些禁令延伸到去美洲的人的身上，塞万提斯就是因为他父亲被怀疑有一点点犹太人的血统，两次被拒绝去"新世界"。

还好，犹太小巷还有令人愉快的一面。"许多地方，透过锻钢的栅栏门就可以看见中庭，树荫下的内院早已被院落的主人变成了幽静的花园。墙边、楼梯上、露台上和水井旁摆满了各式花盆，有的地方还会用钩子将花盆挂起来，让它们随风摇摆；盆里栽种的植物则沿着柱子以及墙壁向上攀爬。整个犹太人街都沉浸在茉莉花以及橙花浓浓的香气中。"（《安达卢西亚的幽灵》，江苏人民出版社，2012 年）

几乎每本旅游指南都会提到科尔多瓦的庭院大赛，但一般也就寥寥几笔，引不起读者的注意。庭院大赛在 5 月的第二个周末举行，有时候会放在第三个周末。每年都有约 40 个庭院开放给公众，让他们欣赏里面的美景，然后争夺第一名。我看了好多张庭院的照片，里面满是植物和鲜花，新颖干净，就像沙漠绿洲一样清新。第一届庭院大赛举办于 1933 年，内战之后大赛一度停办，直到 1956 年才恢复。1980 年这个节日成为全西班牙的旅游节。

我写格拉纳达时已经谈到安达卢西亚的庭院风貌，但主要还是皇家庭院。在科尔多瓦，平民和普通人的庭院看得比较多，也有些体会。科尔多瓦的庭院起源于罗马时代，当时的房子布局围绕着中央的天井，雨水可以收集到一个中央池塘里。受希腊风格影响，房子外有列柱廊，形成有门廊的花园庭院。从公元前 2 世纪开始，这种房屋建筑风格在上层阶级流行开来。

到了倭马亚王朝时期，庭院成为科尔多瓦房子的基本特色。在南征北战中，阿拉伯战士见过房子里面有庭院的小镇，他们模仿这种特色并作出修改，使庭院成为他们房子的关键组成部分。

征服者把庭院变成了一个私密的空间，隐藏在公众视线之外，只通过一条走廊与外界连接。他们把庭院看作家里的绿洲，以水为重要的特色，营造了水井和喷泉。庭院不仅被用来彰显地位以及提供一个休闲的场所，还被用于农耕，增加了果树和可食用的植物，由此产生了西班牙阿拉伯风格的果树花园。

在哈里发时期，西班牙从外面的世界引入了许多新的植物。拉赫曼一世的王宫离科尔多瓦3公里，内有从叙利亚引入的许多植物，包括棕榈树，该王宫被视为有记载的最早的欧洲植物园的代表。

7

当地出版的《科尔多瓦》的"庭院"一节中写道：

要么通过窗户和天井，要么通过优雅的拱廊，庭院与房间和走廊直接相连。庭院周围的墙壁上全是鲜花和爬墙植物，各种果树和鲜花将芬芳散播到各个地方，为这一永不停歇的节日赋予生动的气氛，在城市中心枝叶的阴凉之下创造了平静的神奇。

犹太人区房子的特点是正面狭窄，内部深邃。而摩尔式房子的典型特征是进门有门廊，没有多少窗户，这种设计可以保持房间的私密。门窗上精美的铸铁格栅让我们得以一窥科尔多瓦庭院中色彩斑斓的花海上的绿荫华盖。

这些庭院除了有丰富的植物，还有水声潺潺的装饰性喷泉、充满诗意的排水口、可爱的陶器、富有艺术气息的铸铁制品、优雅的走廊、精致的瓷砖，以及到处都有的闪着光的白漆、协调一致的色彩和柔和的角度。

在科尔多瓦，无论是豪宅还是普通民居，里面都有庭院，豪宅的内部更宽敞，建筑更豪华，装修更精美，但庭院的基本特征都是一样的。在科尔多瓦即便是最普通的房子，其庭院里依然种满了植物，有大量的绿荫、水和白漆，营造了一种平静的氛围。这些平民庭院是紧凑美丽的花园，坐落于房子中间，充满了欢乐和无拘无束的美丽。

上面的介绍基本概括了科尔多瓦乃至安达卢西亚庭院的特征，我对安达卢西亚的民居还有两点感受：第一是房门多姿多彩，大多是木门，雕花精细，我在格拉纳达就注意到这点，门把手也特别有趣味。我没法把这些精彩的门搬回上海，但可以买一个门把手回去吧，所以特意到当地的五金店求购，结果发现了相似的产品，但工艺非常粗糙，看来人家门上的把手是老货。我回来后，仔细搜寻资料，想知道安达卢西亚民居为何有这么丰富多彩的门？至今没见到相关的解释。第二是窗子外的栏杆漂亮得不行。在上海，这被称为防盗窗，做得很难看，像监狱的铁窗。我不知道科尔多瓦的窗外栏杆是不是也用于防盗，可他们真会设计，锻铁工艺也非常高明，硬生生地把这铁窗设计得美轮美奂。我想，如果上海的防盗窗都能如此设计，那该为街道和马路增添多少风采。

8

科尔多瓦也有一些贵族庭院，其中最著名的是维亚纳宫（Palacio de Viana）。官方指南形容维亚纳宫自己是"跨越 5 个世纪、12 座庭院以及无穷的感觉"，从 15 世纪到 20 世纪后期，维亚纳宫一共有 18 代主人。

第一个时期（1492—1704），菲格罗亚·科尔多瓦家族（The Figueroa y Córdoba）：比利亚塞卡勋爵。这一时期是所有时期中最长的，有七代主人，建筑从中世纪宅邸逐渐转变成文艺复兴风格的宫殿。第七代由于没有子嗣，财产由他的侄子继承，从此开启了第二个时期（1704—1788），费尔南德斯·德·梅萨家族（The Fernandez de Mesa）：比利亚塞卡侯爵。经历了

装饰有天竺葵的科尔多瓦庭院

庭院节时的复古鲜花装饰

各色庭院

设计精美的铁窗栏

四代人，最后的女侯爵创建了维亚纳宫的档案，记录了西班牙贵族的历史，很有价值。女侯爵嫁给了卡德纳斯伯爵，维亚纳宫由他们的儿子继承。

第三个时期（1788 — 1871），卡夫雷拉家族（The Cabrera）：比利亚塞卡侯爵兼卡德纳斯伯爵。经历了四代人，最后由家族的侄子继承。

第四个时期（1871 — 1980），萨维德拉家族（The Saavedra）：维亚纳侯爵，经历了三代人。第一代主人萨拉曼卡（José Saavedra y Salamanca）是个经历丰富的贵族，职业是军人，也是国王阿方索十三世的密友，他创建了西班牙皇家飞行俱乐部，也是农业方面的资深专家，拥有大量橄榄油企业，是西班牙橄榄油生产商协会的会长，但在57岁时骤然去世。

维亚纳宫的第十八代主人（即第四个时期的最后一代主人），去世时无子嗣。1980年，距她去世前2年，在法国的一家媒体广告上出现了维亚纳宫的照片以及一行文字："一座15世纪的宫殿欲出售。"消息传到科尔多瓦，引起民众强烈抗议，要求把维亚纳宫作为当地人民的遗产保存下来。同年，科尔多瓦的一家银行与侯爵夫人达成协议，由前者买下维亚纳宫。此前公众从未被允许入内。1981年10月，维亚纳对公众开放，至今由银行基金会管理。

9

在18世纪，尤其是19世纪，科尔多瓦新的中产阶级出现了，由于他们想模仿贵族的房屋建筑风格，带庭院的房子成倍增加，虽然他们的房子比豪宅小多了。中产阶级更加开放，把庭院作为身份的象征，在里面装饰了喷泉、古董、异国花木和大理石地板等。路人可以透过门欣赏庭院的美丽，并揣度居住在里面的家庭的财富。浪漫的欧洲旅客认为这些庭院非常时尚，富有异国情调，并增添了一丝东方神韵。

如今，这种中产阶级的房型依然是科尔多瓦的标准设计，但贵族曾经居住过的豪宅大多被改成民用建筑，用作他途。直到 1980 年仍有人居住的维亚纳宫成为一个例外，我们仍然可以参观这栋建筑，亲身体验几乎绝迹的生活方式。

接待庭院（Patio de recibo）是维亚纳宫的主要入口，从宫殿对面的广场上就可以看到，吸引人们的注意力，表明这是贵族的宅邸。相对而言，中国的王府就显得很低调，前院首先有块影壁，不让人看见里面的内容。1990 年的一个冬天，我和朋友去北京参观老舍的故居，在一条胡同内见一四合院大门紧锁着，我们试着从门洞内瞧瞧里面，影壁挡住视线，啥也看不见。

既然是"门面"，接待庭院必须在任何时候都是无可挑剔的。确保做到这点的一种方法就是精心挑选装饰它的植物，多亏了矛状耳蕨、喜林芋和葡萄这些开花季节前后相接的植物，让接待庭院四季常青。

接待庭院周围是由 16 根托斯卡纳石柱组成的柱廊以及一栋两层的文艺复兴风格的建筑，窗框上喷着经典的"维亚纳蓝"。这种蓝在维亚纳宫随处可见，很亮很艳。

接待庭院的大门

丁庭院

中世纪的猫咪庭院（Patio de los gatos）是维亚纳最特别的院子。我一走进去，就觉得它与一般贵族庭院迥然而异，因为很平民化。确实，猫咪庭院的历史很独特，与维亚纳宫的发展和转变齐头并进，但在18世纪之前没有和宫殿连接在一起。融入宫殿之后，它主要作为服务庭院，19世纪被用作厨房，猫咪经常出没于此，庭院因此得名。

猫咪庭院很早就用于出租，在它的周围是形状不规则的民居，庭院就是这些租客的公共空间。这些租客较为贫穷，有的从农村来到科尔多瓦，买不起房子。当时，这里的庭院被用于公共服务，由社区管理和维护，为邻里提供井水和洗衣房等。庭院除了为房间通风和提供光线，还是一个聚会的地方，培养了亲密的邻里关系。这是庭院民居独一无二的特色，但也是丧失得最为迅速的特色。随着新建筑风格的出现，融洽的邻里关系随之消失。20世纪60年代上海弄堂的状况与科尔多瓦的庭院民居十分相似，我很理解这种特色及其迅速消失的原因。

猫咪庭院

科尔多瓦现在的庭院中，作为公共区域的也是少之又少，但在每年一度的庭院节，它们会向这种失去的生活方式致敬。城市中人刚刚离开这种生活方式，几十年后蓦然回首，可能会觉得它还是蛮有意思的。

11

橘树庭院（Patio de los naranjos）位于维亚纳宫最初的中心位置，在接待庭院建成之前，它是进入宫殿的入口。橘树庭院种着100多岁的橘树，它的布局让我们想起了西班牙–阿拉伯风格的花园：整个庭院对外界封闭，庭院的氛围非常私密，水在庭院里扮演了重要的角色，且花朵和果树结合在一起。

科尔多瓦到处是橘树并以此为荣。1958年，科尔多瓦市议会送给日本广岛和平纪念公园有浮雕图案的皮箱（当地技艺的典型代表）、橘树种子和一段话："我们将大清真寺橘树的种子送给广岛市，我们希望这些种子能在经历了太多死亡的土地开出爱和和平之花……这些种子开花的时候，请将它献给上帝，祈求上帝赐予人类智慧。"

柠檬和柑橘都是在中国培育成功的，然后由阿拉伯人在西班牙南部广泛种植，再传往欧洲其他国家。直至今日，荷兰和德国仍称橘子为"中国苹果"。

奇怪的是，科尔多瓦的景点有不少被丢弃的橘子，皮已剥开。很明显，旅客见如此光鲜可爱的橘子，忍不住摘下来吃，可味道极苦涩，只能弃之不顾。我注意到路边或小广场的橘子就没人采摘，当地人知道它不能吃啊。

为什么这些橘子那么苦涩呢？同行的麦克解释说，这些橘树或橙树长得实在太茂盛了，导致养分短缺，果实味道就很差。这种橙子或橘子是什么品种？

回到上海，查考资料，原来这叫苦橙树，人们常常在树下乘凉。我猜想，之所以选择苦橙作为外面的景观树，是考虑到它不能食用，人们不会采摘，可以好好欣赏的缘故吧。当然，安达卢西亚等地也有可食用的甜橙，最好的都生长在沿海灌溉平原，巴伦西亚地区是最主要的产地。

维亚纳宫官方指南中有段诗意的描写："橘树庭院是一个平静的区域，你可以在里面闲逛，让你的思绪自由飞扬：植物的芳香、水流的叮当、碎石地板的咯吱声、鲜花盛开的姹紫嫣红……通过这一让人感触颇深的体验，我们可以更好地了解穆斯林在建造他们的花园时希望获得的感觉：内省，通过对自然的思考，与灵魂神圣、平静地进行沟通。"

12

我们前面说到的接待庭院有展示性，但向公众展现维亚纳宫主人的社会地位和权力的是酒吧庭院（Patio de las rejas）。酒吧庭院现在也是维亚纳宫的标志。

酒吧庭院完成于 1624 年，第五代主人设计了有三个矫饰主义风格开口的装饰性立面。一直到 1980 年，生活在维亚纳宫的贵族们都把酒吧庭院当作布景和豪华包厢，外面的人可以从街上看到这座豪宅，他们则在里面观看普通人的生活，比如在耶稣升天节观看游行队伍经过。

科尔多瓦贵族入住刚刚继承或买下来的房子，都会举行某些仪式，表示自己现在是它的主人了。维亚纳宫 18 世纪的一位新主人就是在酒吧庭院展示自己的所有权的：他进入花园的第二部分，里面有三间朝向街道的大酒吧，中间有一个喷泉，他搅了搅喷泉里的水，并向水里投掷了一块石头，他从苦橙、橘树和迷迭香丛中折下一段树枝，看看这些酒吧，并绕它们走了一圈。

是不是像孩子的游戏？

下面的夫人庭院（Patio de la madama）却与酒吧庭院不同，它的设计意图是为了吸引维亚纳宫内部的人，尤其是从上方俯瞰。文艺复兴继承了罗马的传统，在花园中搭配喷泉、雕塑和植物丛。18 世纪修建这座庭院时再度流行过类似风格。

夫人庭院中，长着马蹄莲的喷泉周围环绕着修剪过的柏树，它们种植于 20 世纪初，这种树木造型艺术，在古罗马、文艺复兴时期、17 世纪的法国和英国维多利亚时代都流行过，所以在欧洲很常见。

13

园丁庭院（Patio de los jardineros）里有一大块绿地，它是维亚纳宫中一些最古老的物种的家。花园的设计灵感来自于 19 世纪的法国。花园分为 16 个花床，里面种着玫瑰树、枣椰树和柑橘等。其中也有早期阿拉伯-西班牙花园的元素，比如地表灌溉系统。

池塘庭院（Patio de la alberca）是第七代比利亚塞侯爵的杰作。1814 年，他继承了各种财产和爵位，财务状况非常好，他觉得维亚纳需要更多空间，于是和卡夫雷拉伯爵达成协议，用他持有的一处房产交换伯爵所有的花园地块、池塘庭院、水井庭院、园丁庭院、礼拜堂庭院和大门庭院。维亚纳宫的面积几乎扩大了一倍，侯爵认为这是在为他不断壮大的家族提供更好且更舒适和更宽敞的居住环境。维亚纳宫里没有花园，还需要增设其他所有必要的设施。更多的空间可以让人们分开居住。马匹也要有生活场所，谷物需要仓库。

池塘之前已为人所用，比如波斯人、希腊人和罗马人，但改善并升级用水方式的是穆斯林。水除了被用于装饰和娱乐，通过灌溉渠道和池塘，还成为庭院的布局特色。

有意思的是,西班牙各种有关水或池塘的解释都限于西方文化的比较,几乎没有提到中国。在中国人看来,这些应用实在太熟悉了,似乎没有任何特别之处。

有关西班牙伊斯兰文化,《伊斯兰世界的艺术》的作者罗伯特·欧文坦率地承认,阿拉伯人与中国交流广泛,"如果没有跟中国的贸易,特别是陶瓷制品和纺织品贸易,缺少了中国图案、技术、艺术风格的影响,伊斯兰艺术就不会是今天这个样子"。

水井庭院

14

水井庭院(Patio del Pozo)里有维亚纳宫的水源。这个庭院的一切都以这口简单但古老的水井为中心,这个庭院因此得名,尽管它现在已被废弃。井水来自科尔多瓦溪,溪水从地下流过,为所有庭院和喷泉提供了足够的用水。水井的边缘是六边形,侧面刷着非常整齐的白漆。庭院里还有水坛,坛中一尊灰色大理石人像,是献给某个主人的女儿的。水坛旁边,宫殿墙壁上长满了常春藤,里面还点缀着矛状耳爵、马蹄莲、粉色喇叭花、茉莉爬藤以及随着季节更换的花盆。

园丁庭院、水井庭院和池塘庭院原来是维亚纳宫的三大服务性庭院,用来存放园丁的工具。园丁庭院还被称为狗庭院。有三个庭院被用作园丁和服

庭院一角近景

礼拝堂庭院

务人员的住所，还据此命名，真是特别，中国古典园林好像没有这种命名方式，而且，中国庭院的取名通常强调意境。20世纪中叶，园丁庭院进行了现代化改建，营造出一种垂直庭院的感觉。此外，添加了喷泉、浮雕、石柱、瓷砖和过梁等。用这些装饰豪宅庭院的传统源自19世纪，当时中产阶级热衷于用古董装饰自己的庭院，在缺乏雕塑的情况下，他们就用古董、家具、铜制品、瓷器和柱基来代替。园丁庭院墙上长满了蓝色的茉莉，夏天鲜花盛开时分外壮观。

在16世纪的塞维利亚，瓷砖是财富的标志，用来装饰富人的房子。到了19世纪，塞维利亚开始大规模生产瓷砖。到了19世纪末20世纪初，科尔多瓦的中产阶级和上层阶级意识到这种时尚，开始采用瓷砖装饰当地的庭院。

15

礼拜堂庭院（Patio de la capilla）得名于它旁边的一座古老的礼拜堂。礼拜堂庭院建于17世纪，维亚纳宫指南介绍道："我们的耳朵会被鸟鸣和水流声所吸引；我们的鼻子会被橘树花的芬芳所陶醉；而我们的眼睛痴迷于建筑、植物和古物件之间的和谐……礼拜堂庭院无疑是维亚纳宫最凉爽的地方，它高耸的墙壁阻挡了太阳的直射。庭院种的橘树为了寻找阳光而向上生长，树枝交织成华盖，使这里更清凉……总之，这是一座暗光的庭院，清凉，有种安静的氛围，里面的所有元素都非常好地融合在一起。和谐与半阴暗的环境带来了平静，它只被偶尔飞到树顶的小鸟的叫声以及喷泉的声音打破。"

档案庭院

大门庭院

礼拜堂庭院有两个简单的画廊，里面装饰着各种考古物品。庞贝古城、赫库兰尼姆古城、克诺索斯宫殿以及埃及法老图坦卡蒙的墓地使考古在欧洲富裕阶层流行开来。1925 年，维亚纳宫的主人参加完巴黎的一个展会后，也开始追逐这种时尚。礼拜堂画廊里的文物就是那时的成果吧。

档案庭院（Patio del archivo）位于维亚纳宫最深处，历史可以追溯至 18 世纪，是最正经的科尔多瓦巴洛克庭院的代表。中间的房子是维亚纳珍贵的历史档案室，分散的风景布局是为了不破坏白墙与蓝色窗户和大门之间的和谐，砌着瓷砖的喷泉为这个区域增添了色彩。喷泉的瓷砖上以前覆盖了一层石灰，没有人知道这层石灰粘上去有多久。1925 年，管家在给维亚纳宫主人的信中写道："我们发现厚厚的石灰里有一层保存得相当完好的瓷砖，于是我自作主张，令人把石灰刮掉了，让瓷砖重放异彩。"今天看来，瓷砖喷泉确实漂亮，管家的判断力出色。

大门庭院（Patio de la cancela）得名于那里的大铁门，现在长着铁线蕨和扇形棕榈的石柱以前是马匹和其他动物的饮水槽，这表明大门庭院曾是马车的入口，旁边有配套的马厩和谷物仓库。19 世纪，大门庭院归入维亚纳宫后，不再用作入口。大门庭院的建筑结构和维亚纳宫其他庭院明显不同：外露的砖墙、装有铁制和木制"维亚纳蓝色"框架的阳台、强化了双色的鹅卵石地板、转变成花盆的石柱、大门旁边生长的紫杉以及长满木香花的墙壁构成了一道彩色的风景。

最后一个石柱庭院（Patio de la columnas）建于上世纪 80 年代，在规模上仅次于花园庭院，很新，为适应如今的公众活动吧。

第十章

塞维利亚（上）

1

离开科尔多瓦的那天早晨，我在犹太人区小巷里的迈蒙尼德像前发呆，当时我还不知道他传奇般的经历，后来才了解到他曾主持开罗犹太教教士学校的教务，也做过萨拉丁苏丹的宠臣，被聘用为宫廷医生。他侥幸避过了因弃教罪而被判处的死刑，又差一点在一场暴风雨中丧命，一会儿发财，一会儿破产。这时来了一批中国游客，导游方式比较正规，由当地的外国导游解说，中国领队翻译，每个队员都配有耳机，这样导游用不着大声说话。

见他们来我大喜，因为当时困扰我的有两个问题：第一，他究竟是谁？第二，后面的橘树是何来历？可惜，导游都没解说，我也不能问。导游只是说摩尔人在沙漠中渴望绿洲，到这里看见能种橘树，就大片大片地种。领队则说欧洲语言中的"Orange"一词可指橘子、橙子和芦柑，没什么区别，却没有说明那里的景观树是苦橙。

有一个人在反复问为什么会有迈蒙尼德的雕像？导游回答他，这是后来的产物。是啊，只要稍稍了解安达卢西亚的历史，就会知道摩尔人的统治是在那之前 500 年的事情。

一行人又来到犹太人区一个较大的广场。我从导游那里获得两个有用的信息：第一，科尔多瓦水池边的水龙头很干净，这还得仰赖 2000 年前罗马人的市政建设；第二，这里的公馆是所大学。我从没想到这里曾经是所学校，回上海一查，才知道是伊斯兰学院。

然后，我们来到大清真寺，导游似乎去买门票，大家就等着。

2

这时，突然有一队旅游人马从大清真寺走过，还听到女领队用命令的口气让旅客赶快跟上。

他们竟然不进大清真寺去参观？不看大清真寺，来科尔多瓦干什么？那领队说的是上海话，我决定跟他们走一程。

原来他们去的是旁边的"花之小巷"，这是所有的旅游指南都会提及的景点，照片也显得很浪漫。其实它是一条很短的巷子，宽度也就容两人过，长度几十步，两旁墙上挂着花盆，尽头是一座小院，种着一颗大树（好像是柠檬？）。这种景色在科尔多瓦有的是，很平常。我不知道"花之小巷"何以这么出名？可能是它比较上镜吧。

大老远跑到这里来，只让他们看这么一个局促的"花之小巷"？旅游团中的人立刻抱怨开了，怎么与想象中差别这么大。

导游终于说话了："是啊，我来西班牙之前，看照片，也以为这里有多漂亮，来现场才知道就这么回事。"

看完"花之小巷"，领队宣布，在附近自由活动半小时，可以去大清真寺外围看看，但不能进去。

我为这些外出的上海同乡感到遗憾，大老远花费不小地来到西班牙，来到科尔多瓦，旅行社却为了节省一张门票钱，而使他们不能参观最有价值的大清真寺。其实，旅行社可以省钱，但要告知队员，让他们有知情权，知道它是非常值得去的，让他们可以自由选择是否要买票进去。我相信，绝大部分人都会选择去的。我也有类似的遭遇，我们去以色列，以为自助游不方便（后来知道也未必），便选择了一家香港旅行社。到了耶路撒冷，我才知道不去圣殿山上的金顶清真寺。金顶清真寺是历史最悠久的清真寺，而且里面有传说亚伯拉罕接受上主考验而差点将以撒献祭的地方，是最值得去的景点。但是为了省钱，旅行社故意忽略了。

236

旅行社可以在吃住上克扣一些，但不应该忽略最值得去的景点，因为这完全失去了旅行的意义。

3

到了塞维利亚，我们陷入了麻烦。

我们自驾奔驰 8 人座的车子，有 GPS 导航，一路很顺利。我们已经注意到车子太大，在老城区驾行不便，所以一般只作城市之间的旅行工具。可是，到了塞维利亚，我们的车载 GPS 在离旅店还有一大段路时突然失灵。我们的旅店在著名的圣十字区（Barrio de Santa Cruz），与科尔多瓦的犹太人区都是著名的老居民区，道路弯弯曲曲的，很有风味。

犹太人区的旅店就在巷子门口，我们将车停在外面，走进去很方便。这次在塞维利亚，因为 GPS 拒绝工作，怎么也找不到比较方便的入口，我们只能在旅店的外围绕啊绕。

实在没办法，麦克决定直接按地图从巷子里穿过去。在此之前，我们按 GPS 走，那些巷子里的小路险象环生，现在是走不知能不能开车的巷子，那就是赌一把了。而且我们开的是大车啊。

我们在巷子里哆哆嗦嗦地往前开，不断收起后视镜，才能勉强通过。麦克对大车很熟悉，还能勉为其难，要是我的话，只能举手投降。麦克终于在一个巷子的转弯口停下车，问旁边的酒吧女招待路怎么走。女招待是个大妈，热心啊，指完路后，主动上前指挥麦克怎么将车慢慢挪过去。从她指挥的熟练程度看，我猜想也许有其他车也像我们这样陷在这里。

我们绕过了这个弯口，还是迷了路，迎面来了一位骑自行车的大叔，他好像是有备而来。我是一阵紧张，莫非大叔是协管员，让我们不要在巷子里折腾，影响其他人的安全？不，大叔说，给我看看你们住的旅店的地址，我知道，跟我来。然后他在前面骑车带路。

大叔每到一个难行处都会下车，指挥汽车慢慢往前挤着走。一个弯接着一个弯地开，我们感叹如果没有这位塞维利亚人，我们摸到天黑也到不了。最后，大叔让我们把车停在一条巷子前，他和麦克先去旅店签到。过了一会儿，他们从巷子里有说有笑地出来，大叔挥挥手要走，满头大汗的麦克忙塞给他50欧元小费，又与他合影。

塞维利亚人素来热情，我们总算体会到了。

在一起去的路上，大叔告诉麦克，他刚才就在那间酒吧内，知道我们靠自己不可能找到旅馆，就放下酒杯，骑车抄近路来找我们。他告诉麦克，外国游客来塞维利亚不容易，而塞维利亚又是靠旅游产业兴旺起来的，帮助外人就是在帮助自己。

4

我对麦克感叹，还好没去意大利加（Italica）。意大利加是古罗马式古城，离塞维利亚9公里，出过两位有名的罗马皇帝：图拉真（Trajan）和哈德良（Hadrian）。

去塞维利亚的路上，我们有过去意大利加的想法，考虑再三，还是放弃了。如果去了那里，再回塞维利亚，一定是晚上，那时在小巷里转悠，惨了。

我们马上将车子还了。事后总结，没必要在安达卢西亚租车，在这些城市里驾车或停车都不方便。我们在格拉纳达停过一次车，转弯差点碰到墙壁，太窄了。还不如坐火车来往这些城市更为方便，费用也低。

旅店在巷子深处，房间也很一般。后来，我们发现在巷子的另一头，只

塞维利亚街头的酒吧　　　　　　　圣十字区的咖啡桌和椅子

要步行 5 分钟，就有家叫"卡萨 1800"的酒店，外面和里面都很有格调，第二天就搬到这里住了。它最大的好处是靠近大教堂对面的街道，如果我们一开始就订了这家酒店，将车直接开到门口，就不会限于窘境了。

5

我们首先去看的当然是塞维利亚大教堂（Catedral de Sevilla）。这座大教堂的排名在世界上仅次于伦敦圣保罗大教堂和梵蒂冈圣彼得大教堂，面积是2 万多平方米。根据《吉尼斯世界纪录大全》的记载，它是全球体积最大的教堂。根据戈蒂耶 1840 年的西班牙之行中的描述，最宽阔、最巨大的印度宝塔都无法与塞维利亚大教堂相媲美，这是一座中空的高山，是一座倒置的山谷：巴黎圣母院可以整个放在中殿里，中殿高得可怕。

站在塞维利亚大教堂面前，确实感到它的庞大，周围的环境似乎无法容纳它。这种感觉，我在意大利佛罗伦萨百花大教堂前也有过。我的疑问在于，塞维利亚大教堂为何在世界上如此"低调"？像法国巴黎圣母院、伊斯坦布尔索菲亚大教堂、德国科隆大教堂、意大利米兰大教堂和圣马可大教堂等都比它有名。由此看来，不仅大教堂本身要出色，在哪个地方也很重要。

还有一个原因，大概是科尔多瓦大清真寺的名声压住了它？

希拉尔达钟楼

塞维利亚大教堂的前身也是清真寺，建造于 12 世纪后半叶，当时塞维利亚已经成为穆瓦希德王朝在伊比利亚半岛的都城，其在北非的都城是马拉喀什。

穆瓦希德大清真寺的历史可能没有科尔多瓦大清真寺那么悠久，但也是全世界最为人所知的伊斯兰建筑之一。

林达的《西班牙旅行笔记》写道："塞维利亚大教堂是建立在一个被摧毁的大清真寺的原址上的。它的内部，甚至在塞维利亚被费尔南多三世攻下来之前，就已经不再是清真寺而是天主教堂。"

我特意研究了塞维利亚大教堂官方指南，发现这是在天主教政权光复前一个月的事情。

6

1404 年，教士们决定拆除清真寺，建造一座超越一切的大教堂：没有任何一座教堂能与其相匹敌。

大教堂的建造极有可能拖到 1433 年才开始，到 1517 年大致完工，很多来自法国、卡斯蒂利亚和德国的著名石匠参与其中。但彻底完工的时间是 20 世纪初。

原来大清真寺的古老构成中还现存的有橘树庭院和宣礼塔，它们被改造成基督教建筑中的回廊和钟塔。橘树庭院不如科尔多瓦大清真寺前的橙园开阔，但相当漂亮精致。庭院中央有一个罗马式喷水池。高高耸立的希拉尔达钟楼坐落在橘树庭院和大教堂主体建筑之间。1558 年到 1568 年，在原来塔楼的位置上又加建了文艺复兴式钟塔，顶部是一座可爱的高 3.5 米的铜质信仰天使雕像，可以转动，它叫希拉尔达，象征着信仰必胜，整座钟楼因此得名。两种风格融合得不错，显得秀美挺拔。塔的内部没有阶梯，有一个可以骑马上去的斜坡，较容易攀登，19 世纪的西班牙女王伊莎贝拉二世就是骑着驴子上去的。钟塔上有 24 口大钟，如果一起敲响，无疑会震耳欲聋。希拉尔达钟楼的总高度是 95 米，是塞维利亚位置最好的瞭望台，古城区的风光尽收眼底。

像巴黎圣母院和圣保罗大教堂等，都有瞭望古城区之功能，不过与有电梯的现代瞭望塔相比，要自己爬上去，很是劳累。

遗憾的是，我们那天去大教堂的时候，里面正在举行礼拜仪式，拒绝参观，只能攀登希拉尔达。我们从钟塔入口看过去，教堂的柱子高大，空间辽阔。原本准备最后一天的早晨再去参观，却突然发现与前往马德里的火车的时间相冲突，只能放弃。

回到上海，反复查看塞维利亚大教堂的资料，感觉它与我们前面看到的

塞维利亚大教堂的王子之门

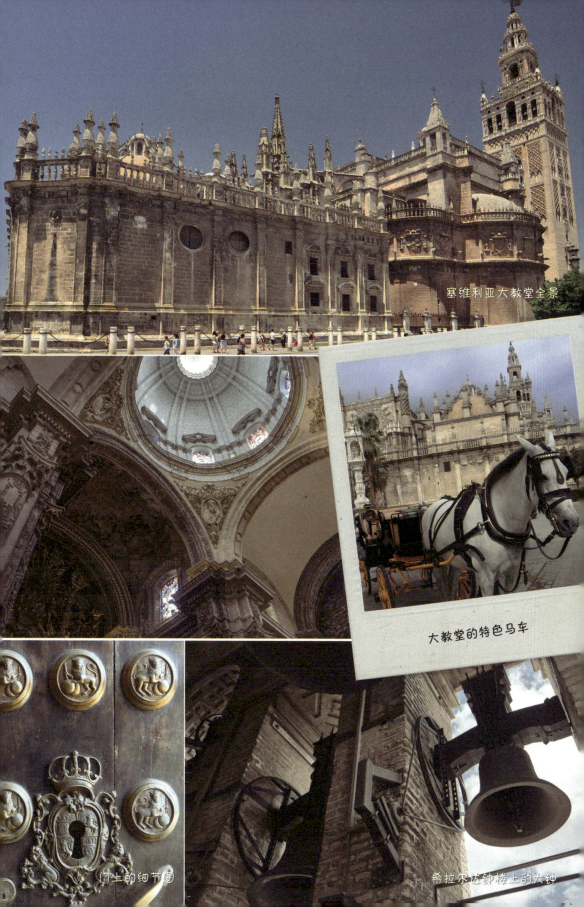

塞维利亚大教堂全景

大教堂的特色马车

门上的细节图

希拉尔达钟楼上的大钟

四座主教堂还是有相似之处的，主要的一点是像一座大博物馆。我在科尔多瓦大清真寺里听到一位导游开玩笑说："黄金不在西班牙中央银行，全在这些大教堂里了。"他的意思是大量的艺术品藏在大教堂中。塞维利亚大教堂的官方指南介绍了许许多多的绘画和雕塑作品，其中不乏名家之作。问题是，教堂的灯光太暗，不像现代博物馆那般便于欣赏。

大教堂的主祭坛高20米，宽18米，建于1518年到1529年。这座祭坛透露着神秘感，就像一本开放的大书，通过28个神龛讲述了耶稣的一生，神龛之间用壁柱、壁架和讲台隔开，分散摆放着128尊小雕塑。

大教堂里有哥伦布的纪念墓，至于里面埋葬着什么，一直是众说纷纭。1506年5月20日，哥伦布在西班牙的一个小镇去世，遗体先是埋在当地的修道院，然后被转移到塞维利亚修道院，最后和他儿子的遗体一起运到多米尼加圣多明各的一座教堂内。1795年，西班牙与法国签订《巴塞尔和约》，被迫交出圣多明各，哥伦布的遗体被运到依然属于西班牙的古巴教堂。1898年，西班牙败给美国，古巴被美国占领，哥伦布的遗体只能搭乘皇家邮轮回到塞维利亚的大教堂中。

大教堂的哥特式屋顶与扶壁

1877 年，多米尼加政府在存放遗体的教堂里挖出了一具铅棺，上有"出色卓越的男性，克里斯托弗·哥伦布"，棺材里有 13 块大的骨头和 29 块小的骨头。到底哪个地方的哥伦布遗体才是真的？

大教堂的官方指南写道："最近对骨头中的基因进行的研究证实，有些骨头属于哥伦布，还有一些属于这位探险家的长子蒂亚戈。"

7

一位塞维利亚大叔告诉麦克，看弗拉明戈，不要选择可边吃饭边跳舞的餐厅，而是要看专门的表演。我们在大教堂门口拿到了圣十字区弗拉明戈演出的打折门票，晚上 10 点多去观看。表演场地很小，舞台和观众席跟国内说书人的场所差不多，楼上也就我们几个。舞者、歌唱者和吉他手同台演出，不仅有最常见的穿着红衣服的女舞者，还有男舞者。其实，男舞者要比女舞者更出彩。

20 世纪的英国诗人洛瑞·李在《给冬天的一支玫瑰》中曾描述过我眼前的景象：

演出的舞台上没有任何布景装饰，参与演出的演员也只有三名。首先登场的是吉他手，他看上去相貌平平，穿着黑色的衣服，一只手拿着吉他，另一只手拖着一把椅子。他把椅子放在半明半暗之处，很随意地坐了下去，低下头看着吉他，白皙的手指按上了吉他弦。……就在这个时候，灯光下显出了歌手的身影，他紧闭双眼，发出了几声低沉的喉音，就像是在测试自己的声带肌肉似的。台下的观众一片寂静，因为他们将要听到的音乐是他们以前从未听过的，将来或许再也没有机会听到了。

弗拉明戈的起源就如很多饮食那般不可考，最远可以追溯到公元 4 世纪至 6 世纪的非洲舞蹈，希腊人、阿拉伯人和犹太人对它都有所贡献。15 世纪，吉普赛人离开印度，翻越比利牛斯山，来到西班牙，来到安达卢西亚，虽然也像犹太人、摩尔人那样遭到驱逐，却执意留下，苦难之花盛开，弗拉明戈发扬光大。弗拉明戈舞蹈的源头叫托纳斯舞，有抡锤调（源于铁匠铺）、忧伤调（源于吉普赛"女神"）、囚徒调（监狱之歌）三大分支。

　　今天的塞维利亚有各种各样的弗拉明戈培训班。我读过《读者文摘》的一篇《来跳舞吧》，作者是加拿大人莉亚·格兰杰，身高一米八，曾是女篮好手，现为专职记者，她抛下家人、男友和工作，背井离乡，花了 4 个月时间来到塞维利亚专心学习弗拉明戈。莉亚的同学是已经退休的 64 岁日本工程师吕木义雄，他每年都会来塞维利亚，一待数月；还有俄罗斯女翻译，两年前搬到塞维利亚，一偿幼时的习舞夙愿。

　　莉亚对弗拉明戈的评论很实在："弗拉明戈最先吸引我的是兼容并蓄的本质。……无论身材高矮胖瘦，弗拉明戈接纳每一个人。事实上，弗拉明戈有很多运用臀部和躯体的性感动作，由身材丰满的舞者来跳反而更好看。"

　　有着悲剧结局的诗人洛尔迦也曾描写过弗拉明戈的魔力瞬间：

　　很多年之前，在赫雷斯－德拉弗龙特拉的一次舞蹈比赛中，参赛者中既有极其美丽的女士们，也有髋部灵活的姑娘们，但最后获奖的却是一位 80 岁的老妪，她仅仅只是扬起手臂，头向后甩，踩了一下舞台的地面就赢得了比赛。这是集缪斯与天使、女性之美与微笑之美于一体的魔鬼，它用它那由生锈的钢刀所组成的翅膀划过大地。（《安达卢西亚的幽灵》）

不过，我觉得《西班牙之魂》里的故事最有意思。

当年囚禁吉普赛人的西班牙监狱孕育了弗拉明戈中的囚徒调："吹响就寝号，要我们闭嘴。表兄呀！吹响起床号，又要我们起床。"（《西班牙之魂》南京大学出版社，2013年）

安达卢西亚的监狱还举行弗拉明戈大赛。第一届比赛，有两人并列第一，他们很快出狱，录制唱片，行销美国。这当然引来反对声，后来比赛的获胜者只能拿奖金签合约。

弗拉明戈舞者

第十一章
塞维利亚（下）

1

那天，我们没能参观塞维利亚大教堂，趁天色还早，我们在门口乘坐马车观光。

格拉纳达、科尔多瓦和塞维利亚都在历史上繁荣过，前两个城市是在中世纪崛起的，现在已经很难窥其当年辉煌。塞维利亚的昌盛期是在 16、17 世纪，而且基本上没有遭受破坏，所以可以看出当年垄断美洲贸易的城市的气派。从旅游者的角度看，格拉纳达和科尔多瓦用两三天时间就可以游遍，一般也不会故地重游。塞维利亚是个大城市，几天时间是不够的，与巴塞罗那一样，是个可以再去的地方。我认识一位法国设计师，她去过塞维利亚两次，仍然赞不绝口。

我在马车上欣赏塞维利亚的市容，与游览上海外滩有相似感受。作为上海人，我喜欢淮海路、瑞金路和建国西路，周围的景物于我有亲切感，因为我们生活在那里。外滩就不同了，它曾是十里洋场的象征，有如一个雄伟的西洋建筑的布景。

塞维利亚也是歌剧的圣地，如罗西尼的《理发师》、莫扎特的《唐璜》、比才的《卡门》和贝多芬的《费德里奥》等都取材于此。所以，《安达卢西亚的幽灵》提醒我们，塞维利亚整个城市就是一个巨大的歌剧院布景。我在马车上也有相似的感受。

马车沿着瓜达尔基维尔河畔的大道跑，隐隐约约看见岸边的"金塔"，与希拉尔达塔齐名，是塞维利亚又一个象征。金塔是一座多角形的防御塔，是摩尔人于 1220 年为保护港口而建的，最开始与城墙连接。金塔的称呼来自曾经装饰它的闪闪发光的镀金瓦，今天在夕阳之下，照样金光灿烂。河对岸立有一座结构相似的"银塔"（矗立在旧日的金银币制造厂内，当时的金银

塞维利亚的象征——"金塔"

来自美洲），它和金塔之间的铁链能控制港口的船只进出。1248年，费尔南多三世围困塞维利亚，久攻不下，只能派大将率船队潜入大河，切断铁链，才拿下塞维利亚。

费尔南多三世死后葬在塞维利亚大教堂，墨西哥文人富恩特斯在他的《被埋葬的镜子》中写道："他的墓每年会开启两次，身着王服、头戴王冠、留着长长的白胡子的费尔南多就这样出现在我们的眼前。这意味着，他是不朽的。"

2

距金塔不远的地方，坐落着塞维利亚慈善医院（Hospital de la Caridad），是17世纪在旧船坞的基础上建造的，建筑风格是塞维利亚巴洛克式，白色房子带点褐色，很雅致，不像传统巴洛克式那么雄奇。医院的创立者是贵族商人马纳拉（Miguel Mañara），据说他就是唐璜的原型。大仲马和戈蒂耶在他们的游记里都记载了这个故事。

唐璜（马纳拉）有一次在酒宴散席后回家的路上，遇见了一支送葬的队伍，气氛很诡异。唐璜问："死者是谁？"一个抬棺者回答道："是唐璜啊。"唐璜靠近棺材，借着火把，他看到了自己。他跟着自己的棺材来到教堂，和那些神秘的送葬人一起祈祷。第二天，人们在教堂的地上发现了昏睡的唐璜。

这件事给唐璜留下了太深的印象，在这之后，他结束了浪荡的生活，披上了教袍并建造了这家医院，最后在这里与世长辞。

塞维利亚慈善医院

韩国作者崔度星在《一个人出去走走，就像旅行——西班牙》中认为，把马纳拉当作唐璜的原型是错误的，因为唐璜的形象在前，马纳拉在后。

据崔度星的考证，马纳拉婚前生性放荡，是个跟唐璜有得一拼的花花公子。结婚以后，却非常爱妻子。但妻子死了，他几乎失去理智，把妻子的尸体抱到深山里隐居。后来，马纳拉回到塞维利亚的修道院，晚上不仅做自己去世和看见自己遗体的噩梦，白天也幻想和妻子一模一样的女子。最后，他把财产慷慨地捐给教会，晚年修建了慈善医院。

戏剧中的唐璜更为夸张，最后已经荒唐，唐璜自认为他不会在任何女人身上花费更多的时间。

在塞维利亚精炼广场（Plaza de los Refinadores）上，唐璜的雕塑附近有块匾额，上面写着："这是唐璜·特诺里奥，没有人能像他一样。从高傲的公主到卑微的卖鱼女，没有一个女性不是他渴望的，但是金钱和财富并不是他追求的东西。他为自己寻找敌人，他们是周围所有的参与者，也可能是任何一个值得他尝试去制服的人，或者他更擅长于打赌、战斗或爱情。"

3

马车驶过玛丽亚·路易莎公园（Parque de Maria Luisa），那里曾有18世纪的老制烟厂，是西班牙规模第二大的建筑，现在是塞维利亚大学。当年西班牙所消耗的雪茄有四分之三是由它生产的，1300名16到25岁的女工在这里工作，卡门也在其中。根据戈蒂耶在1840年的游记："我们踏进这座大厅的时候，旋即被风暴般的巨大声响震得头昏脑涨：所有的女工都在闲聊、歌唱或是争吵。我从来没有听到过这么嘈杂的声音。她们大多年轻漂亮，在工作时穿着很单薄的衣物，她们的魅力正在悄悄地影响着他们。有些活泼大方的女工就像轻骑兵军官一样，嘴角叼着一支点燃了的雪茄，其他人则像是水手，在咀嚼着烟叶——缪斯，帮我一下吧！"（《安达卢西亚的幽灵》）

这些卷烟女工可以趁着工作机会偷偷地将一些成品装进自己的口袋，因此，很多下级军官都很喜欢找她们做女朋友。

1803年出生于法国的作家梅里美塑造了吉普赛女工卡门的形象。1830年和1840年，梅里美两次来到安达卢西亚，但《安达卢西亚的幽灵》一书认为，实际上，梅里美主要依据他夫人的形象来刻画卡门的性格。他的小说扉页题词是希腊作家帕拉达的名言："女人皆祸水，美妙仅两回，或是坠爱河，或是临终前。"（王钢译）

卡门不喜欢被人命令，这会令她痛苦，她想自由地做自己想做的事情。而男主角，来自巴斯克的龙骑兵下士唐·何塞却认为她总在撒谎，可她一旦开口，何塞又忍不住相信她。冲突不可避免。

两人跑到龙达城的山中，军官成了走私犯，最后出于嫉妒杀害卡门。

有意思的是，根据龙达人的传说，现实中的卡门曾在法西战争中从事间

原制烟厂，现在已是塞维利亚大学

烟草标志

谍活动，她从法国军官那里刺探到龙达驻军计划，法国军队撤退后，她被视为当地的女英雄。

4

塞维利亚大学的附近是阿方索十三世酒店，马车上的麦克一眼认出。我们曾有住在那里的计划，但房价实在太过昂贵，麦克说如果我们住在里面，设施太豪华，就不愿意出来了。我们后来去那里喝了下午茶。酒店是为1929年到访的国王而建的，果然名不虚传，典型的穆德哈尔风格，摩尔式庭院也是中规中矩。当年美国作家海明威为了观看斗牛比赛来到塞维利亚，就住在阿方索酒店。如果我们不是已经看了这么多安达卢西亚的建筑，会被迷住的。

马车在巨大的半圆形西班牙广场走了一圈。"最宽处的两侧耸立着两座高达80米的高塔，在两塔之间，沿半圆走向分布着绿色的水带，瓷砖铺就的散步道和连拱式的长廊，水带上有小桥横卧，散步道上有象征西班牙各个省份的瓷砖画。西班牙广场建成于1928年，1929年伊比利亚美洲博览会时，这里被用作东道主西班牙的国家展馆，其设计者是阿尼巴尔·冈萨雷斯，冈萨雷斯是塞维利亚传统地方主义建筑师。当时建筑界的一个流派主张以地方传统风格、传统建筑材料和传统工艺来建造新的建筑，西班牙广场便是这一流派的代表作。用经过切割的烧制红砖配以无数片彩绘瓷砖和玻璃装饰而组成的建筑，在傍晚霞光的沐浴下，西班牙广场显得格外火红绚丽，仿佛一首无声的光色交响曲。"（《塞维利亚》，西班牙 Aldeasa 出版社，2006年）

马车上的我们正巧在夕阳西下时分欣赏到了西班牙广场的壮丽，与上述感受极为相似。但我们有一天下午再次来到西班牙广场，却是乌云密布，中央喷泉的水珠一阵阵飘来，整个建筑有些阴森。如果不是之前天气好时来过这里，印象恐怕会很差。

阿方索十三世酒店

高质量的旅游必须有好的计划、好的天气、好的心情配合，不容易啊。

西班牙广场和阿方索酒店是同一时期的产物，充分运用了传统西班牙艺术元素，只是有些烂熟了。

5

走马观花代替不了深入参观，第二天，我们来到塞维利亚市中心最古老、最传统的谢尔佩斯街（Calle Sierpes，又名"蛇街"），这是一条步行街，古色古香，附近的教堂正在举办婚礼，热热闹闹。52 号的门口有块牌子，注明塞万提斯曾于 1597 年被囚禁于此达数月之久。

塞万提斯与塞维利亚很有缘，1564 年，他的父亲带着 6 个孩子来到这里从事房地产生意，18 岁的塞万提斯目睹了父亲生意的失败，几年之后，他们又灰溜溜地离开了塞维利亚。1587 年，塞万提斯再次来到塞维利亚。塞维利亚当地的历史学家认为，50 岁的塞万提斯就是在这幢房子里开始创作第一部《堂吉诃德》的。

可让我惊讶的是，塞维利亚这条最繁华街道上的商店并不时尚，甚至有些过时，这大大出乎我的意料。在上海时我曾计划，到塞维利亚要抽一天时间让同行的伙伴们购物。塞维利亚作为西班牙第四大城市，安达卢西亚的首府，又是首屈一指的旅游城市，有些时尚商店理所当然应该去，可是没有。我们后来又到了另一条著名的商业街，还是不中意，接着去逛了塞维利亚最大的商城，仍是感觉平平。麦克不放弃，向当地人询问，她们的回答是塞维利亚的精品店都散布在大街小巷中，并推荐了一家在圣十字区的店。麦克拿着谷歌地图搜啊搜的，在圣十字区到处找这家店，最后天色已彻底黑了才找到，一进去，就明白它是一家旅游商店。

半圆形的西班牙广场

广场上的柱子细节　　　　　　　　　　　　广场上的陶瓷彩绘长椅

　　离开塞维利亚，去了马德里，下午主要的计划是逛普拉多博物馆。等到逛完博物馆，赶紧逛街，这时已经快8点了，麦克和他太太发现马德里的街头是购物的理想之地，可惜商店陆续打烊，不能尽兴，而明天一早就要飞往上海。麦克太太对此很不以为然，为什么不在马德里多待一天？我以为塞维利亚可以满足大家的购物欲望啊。

　　我们去参观了市中心两个著名的地方，一个是彼拉多府（Casa de Pilatos），彼拉多就是处死耶稣的罗马总督。府邸的主人里维拉是文艺复兴时期的人物，热衷文学艺术，经历了一次环欧和耶路撒冷朝圣之旅，回到塞维利亚后，模仿圣地的彼拉多住地，于1519年开始建这座大宅。当然这是传言，彼拉多府是个综合多种建筑风格和材料的作品（主要是当时流行的哥特式与穆德哈尔式）。

　　彼拉多府的大理石院门是文艺复兴式的，1529年在意大利热那亚制造。大院子里的拱形长廊、大理石喷泉、希腊罗马雕塑、历代国王的半身像、哥特式的石膏艺术和穆德哈尔式的彩色瓷砖等，不同的风格汇聚在一道，相映成趣。沿着一条装饰味浓厚的楼梯来到楼上，是一连串的厅堂：古代人物壁

画、四季寓意画、挂毯和天花板上的神话故事彩绘，富丽堂皇。

同样是贵族的宅邸，我还是喜欢科尔多瓦的维亚纳宫，那里有生趣，彼拉多府和塞维利亚则是同一个调子，是歌剧的舞台布景。

另一个是塞维利亚美术博物馆（Museo de Bellas Artes de Sevilla），它原是一个修道院，建于13世纪，后于17世纪重建，19世纪成为美术馆时又进行了改建。目前美术馆艳丽的装饰、几何的构图和平衡的理念仍然保留了17世纪的矫饰主义风格。它是西班牙第二大美术馆，但与马德里普拉多美术馆根本没法比。美术馆门前有一座塞维利亚画家穆里罗（Bartolomé Esteban Murillo）的雕像，一楼的大厅里也有多幅他的宗教画，有点像他的个展。穆里罗在他的年代和后来一段时期里，一直被认为是最杰出的宗教画家，因为他那种温馨的画风适合当时人们的情感要求。今天，除了穆里罗描绘的街头孩子仍然很感人外，他的绘画已经很难让我感兴趣了。英国很有艺术天赋的温迪嬷嬷对穆里罗的一幅圣婴画评论道："我看了不能不为之感动：它是一幅赏心悦目的抒情画。然而，它不能告诉我真理。所以就总体而言，不管我对它多么喜爱，我不得不说，它的美被一种不真实给抵消了。当然在某种意义上，温暖亲切的事物确实存在：它们是生活中重要的一部分。但它们只是一部分，却不是最深刻的部分。"（《温迪嬷嬷的大旅行》，辽宁教育出版社，2002年）

6

我们前面说过，塞维利亚大教堂很出色，但它与科尔多瓦的大清真寺（教堂）相比则黯然失色。与此相似，塞维利亚大教堂对面的王宫也是伟大的建筑和园林，可也被格拉纳达的阿尔汉布拉宫抢了风头。

无论如何，这座建筑不是一座传统的欧洲式王宫，它很像东方人的宫殿，

彼拉多府

彼拉多府的廊柱

彼拉多府内景

塞维利亚美术博物馆

但又与阿尔汉布拉宫这种纯粹的摩尔人艺术宝藏不一样，塞维利亚王宫的风格多样化，涵盖了伊斯兰式、穆德哈尔式、哥特式、文艺复兴式、巴洛克式等流派，主体的风格则是穆德哈尔式的。

最初的王宫建于 10 世纪初，当时是一个军事建筑群，也是一座宫殿，后来的君主扩建了这座王宫。其中一位君主叫穆塔米德（Al-Mu'tamid），他爱上了叫鲁迈基耶（al-Rumaikiyya）的女奴，娶她为妻。塞维利亚王宫是这份爱情和王后实现幻想的舞台。鲁迈基耶喜欢揉捏黏土，国王就用樟脑油、肉桂和琥珀填满了一个池塘；鲁迈基耶想看雪，国王就种植杏树并配上极白的百合花。当然，这种沉湎于诗情画意的君主的下场一般不会好，国王被流放北非并在狱中去世，死时仍怀念着塞维利亚和王宫的文雅惬意。

7

1248 年，塞维利亚成为基督教城市，从那以后，卡斯蒂利亚王朝的国王就生活在王宫里，王宫经历了多次改建。

阿方索十一世病逝后，其子"残忍者"（也有称"司法者"）佩德罗一世（Peter of Castile）15 岁继位，他被迫迎娶法国王室 15 岁的公主勃朗什（Blanche of Bourbon）。公主很喜欢佩德罗，可佩德罗一世的心里只有情妇帕迪拉（Maria de Padilla），几乎不待在公主身边。

一天晚上，国王微服私访，碰上了一名巡逻拦路，他一剑将巡逻杀死，逃回王宫。有个老太婆看见了他，第二天被传去作证，虽然国王的脸用斗篷遮住，她还是清楚地记得凶手的膝盖摇晃得很厉害。所有塞维利亚人都知道国王有此特征。国王承认有罪，奖励了老太婆。按照处罚谋杀者的惯例，佩德罗把自己的头放在一条街的角落……不过是石像的头。这条街现在还在，就叫"国王佩德罗的头"，人们可以看到这颗头，在一个壁龛里放着佩德罗一世的半身像以及他的皇室属性：皇冠、权杖与剑。

佩德罗一世的大部分童年时光是在王宫里度过的，当时的环境对穆斯林和犹太人非常宽容。1364 年，为了建造他的宫殿，佩德罗一世汇聚了格拉纳达最杰出的艺术家、托莱多技术最高超的木匠以及塞维利亚的工匠大师，他们几乎全是穆斯林。结果，佩德罗一世的王宫是伊比利亚半岛上最杰出的伊斯兰教艺术代表，其风格借鉴了格拉纳达的阿尔汉布拉宫、哈里发统治时期的科尔多瓦以及托莱多的犹太 – 穆德哈尔风格。

佩德罗一世的父亲有多个私生子，他一个都不放过。其中一个私生子在经过王宫门前时，一阵乱棍把他打倒在地，最后再由一名摩尔奴隶给予致命一击，尸体被抬进佩德罗正在吃饭的瓷砖厅。还有三个私生子被佩德罗的弓弩手集体屠杀，他们的首级被挂在马鞍旁，送到国王的面前。

所有私生子中，卡斯蒂利亚的亨利二世（Henry Ⅱ of Castile，以下简称"亨利"）是佩德罗的劲敌，他是阿拉贡的盟友，他们的斗争越来越白热化。

这时，佩德罗的感情世界发生了巨变，他把自己 22 岁的妻子遗弃在一个城堡内，然后派杀手杀死了她，场面血腥。几天后，佩德罗的情妇帕迪拉也去世了，一年后，他们的孩子也被瘟疫夺去了生命。

佩德罗一世与亨利的斗争引入了英国与法国的力量，佩德罗最后被亨利刺杀。

8

亨利成为国王。但其后卡斯蒂利亚王朝的几代君主都处于混乱中，直到女王伊莎贝拉一世登基，迎来新的时代。王宫 1503 年成为美洲贸易总部，目的是为了促进和管理美洲殖民地之间的贸易。大量来自海外殖民地的货物越过大西洋，被运回西班牙，全部货物都会抵达塞维利亚这个瓜达尔基维河上唯一的河港，至于加的斯（Cadiz）港口的兴起则是后来的事情。运回的不仅仅是烟草，更主要的是黄金和白银，塞维利亚富人的财产因此再度急速膨胀。

1526 年 3 月，国王查理五世在塞维利亚迎娶葡萄牙公主伊莎贝拉（Isabella of Portugal），王宫是婚礼场地。塞维利亚举城欢庆，整个城市变成了一个临时大剧院：各条街道上建起了凯旋拱门，举办竞技和巡回赛，多个国家的大使来贺喜，还来了许多诗人。

王宫继续和西班牙皇室联系在一起，有一些国王几乎没有到访过王宫，也有一些国王，比如 18 世纪的腓力五世，从 1729 年到 1733 年生活在王宫里，并把他的朝廷转移到塞维利亚。19 世纪初法国入侵后，西班牙新国王是拿破仑的弟弟约瑟夫·波拿巴，他在塞维利亚的时候，选择王宫作为官邸。法国人没待多长时间，战败撤离时，从塞维利亚大教堂带走了许多重要的绘画。

19世纪的女王伊莎贝拉二世在王宫里生活了很长时间，对王宫进行了重大的改建。为了举办1929年的伊比利亚美洲博览会，阿方索十三世经常住在王宫里，1992年世博会开幕前夕，卡洛斯国王（Juan Carlos I）来到塞维利亚。有一天，他离开王宫，在城市里沿着夹道欢迎的队伍前行，并亲切地同四周的市民握手时，王后发现，有人趁此机会把国王价值不菲的传家宝——手腕上所戴的手表——给捋走了。

9

王宫的主入口是狮子门，门上有一块瓷砖做成的纹章：狮子站在一面旗帜上，头戴王冠，一只前爪持十字架，很是醒目。我们的第一站是正义厅，

塞维利亚王宫入口处的狮子纹章

装饰模仿阿尔汉布拉宫的一些厅，相传佩德罗一世就是在这里杀死他的第一个私生子弟弟的。真正的宝贝是旁边的灰泥庭院，建于 12 世纪，带有门廊入口的一侧保存至今，是王宫最古老的部分。

穿过防御工事中众多大门中的一扇来到"狩猎场"。过去，贵族在这个庭院集合，整装，和国王一起外出狩猎，想必到处是骏马、猎鹰、弓箭、短弯刀、色彩艳丽的服装和仪仗。

然后我们进入 16 世纪的贸易局庭院，在这些房间里，伊莎贝拉女王接见了第二次航海归来的哥伦布。按史学家让·德科拉的说法，哥伦布是历史上最神秘的人物之一，人们实际上对他的国籍、种族、家庭和宗教信仰一无所知。哥伦布的遗嘱中说自己是热那亚人，而这份遗嘱是伪造的。他也从来没说过意大利语。

哥伦布来找双王投资他向西航行直达印度的计划，该计划对"投资人"很苛刻：200 万铜币，发现的宝石和贵金属中十分之一归他，贸易所得占八分之一，新领土以他为副王，还要海军上将的军阶。双王在教会人士的说服下同意了。

1492 年 8 月 3 日晚，哥伦布第一次出发，有三艘船、120 名船员，大部分是官方奉命从监狱里释放出来的死囚犯。10 月 11 日，他们以为来到亚洲大陆的近海陆地，其实是巴哈马群岛的一块陆地，岛上的居民对刀剑一无所知，居然握住刀刃，把手割破了。

哥伦布继续登陆古巴和海地后返回巴塞罗那，途中旗舰"圣玛利亚号"也搁浅了。哥伦布把从古巴抓获的六名土著人作为"西班牙的印度人"献给国王。

哥伦布第二次西印度群岛航行，其殖民地远征舰队由 17 艘帆船组成，有1500 人，包括医生、地理学家、教士、历史学家和各种技术代表人物。哥伦布离开西班牙三年后，来到塞维利亚王宫，与国王会面。由于远航没有多大经济效益，国王的态度十分冷淡，但还是同意了哥伦布的第三次探险。

这次，他在西班牙人和印地安人的争斗中两面不讨好，自己反被国王特使戴上镣铐，作为囚犯押回格拉纳达。国王宽恕了他，恢复了他的职位和称号。

哥伦布不服输，率领四艘军舰进行第四次远征，他抵达尼加拉瓜，用几个月时间走遍巴拿马海峡，企图寻找恒河的入海口。他差一点就到了太平洋，但还是无功而返。不久，他寂寞地死去，死时也不知道自己发现了美洲。

10

我们前面已经提及，今天塞维利亚王宫被视为西班牙最美丽的穆德哈尔建筑之一，佩德罗一世在这里过着东方式的豪华奢侈的生活。

玩偶庭院（Patio de las Muñecas）的地板是原来的，中间和上面的走廊是19世纪添加的，模仿阿尔汉布拉宫的灰泥建筑。

少女庭院（Patio de las Doncellas）位于宫廷的中心，给人的第一印象是宽阔和雅致。一排排叶形拱廊列于两旁，宛如叠云缭绕，引人入胜。这里的大使厅，其周围的瓷砖地面、围墙和镶嵌式天花板令人不禁赞叹穆德哈尔匠人巧夺天工的技艺。少女庭院的各扇门也极为精美，是托莱多木匠的杰作。我在格拉纳达和科尔多瓦曾对那里的木门产生了浓厚的兴趣，不知是否来自托莱多木匠？下一次来西班牙，一定会去托莱多，到时再琢磨吧。

大使厅（Salón de Embajadores）是国王接见各国来使的地方，它是在旧的11世纪宫殿的基础上修建的，是王宫中最重要、最气派的房间。大使厅镀金的半球形屋顶精妙绝伦，它的丝带织品勾画出了星系。

大使厅有一个死亡传说，佩德罗一世在这里杀死了格拉纳达国王，后者

少女庭院

塞维利亚王宫中的拱门

王宫内景

的头发是红的，绰号"红发国王"。详情如何，我已懒得考证，无论佩德罗一世做什么事，我现在都不会吃惊。

不过，这里也有喜事发生，查理五世和葡萄牙的伊莎贝拉就是在这圆屋顶下喜结良缘的。

塞维利亚王宫内的瓷砖实在迷人，我曾跑到酒店旁边的古董店寻找类似的，还真找到了古瓷砖，价格也不是很昂贵。但考虑到自已没有鉴别力，没有买成，回来却一直想着它们。

11

回到狩猎场，一条18世纪的走廊带领我们来到十字庭院（Patio del Crucero）。在这里，阿拉伯式御园过渡到哥特式王宫，它外观坚实，朴素而庄重，是13世纪阿方索十世修建的。这位君王没有政治头脑，但在学问上却充分表现出才华。他的朝廷里聚集了许多文人，他写有一部《圣母玛利亚歌曲集》，还让人翻译了不少东方传统方面的书籍，如天文和象棋。多年以后，这里成为帕迪拉的住所，有她的浴池，所以十字庭院也叫帕迪拉庭院。浴池在花园的地下，有着哥特式的拱顶，看似很神秘的洞穴。帕迪拉出浴时，宫中人必须虔诚地喝下一掬洗澡水。这是佩德罗一世的命令。有个官员不肯这么做，佩德罗一世兴师问罪，他回答："我是害怕尝到这种味汁后，会经不住小山鹑的诱惑。"（《西班牙史》）

王宫最后的特色是有占地七公顷的花园，当年也是穆德哈尔风格的，但今天主要是以18、19世纪时的风格为主。里面有18个命名的花园，园中有水银池塘，它象征着贸易。池塘中的雕像喷泉是铜制的，它和希拉尔达塔上的风向标都出自工匠莫瑞尔之手。1935年，在这喷泉旁，诗人洛尔迦向一群塞维利亚的朋友念诵了《缺席的灵魂》，这是他唯一的一首长诗，有几节是：

牛和无花果树都不认识你，
马和你家的蚂蚁不认识你，
孩子和下午不认识你，
因为你已长眠。

石头的腰肢不认识你，
你碎裂其中的黑缎子不认识你。
你沉默的记忆不认识你，
因为你已长眠。

秋天会带来白色的小蜗牛，
朦胧的葡萄和聚集的山，
没有人会窥视你的眼睛，
因为你已长眠。

（北岛译）

278

12

　　离开塞维利亚的那天清晨下着雨，天色昏暗，我打着雨伞，在圣十字区闲逛。圣十字区也是传说中的犹太人区，但比科尔多瓦的犹太人小巷大多了，也复杂多了。我几天下来，基本上可以搞明白科尔多瓦的犹太小巷，却没办法走完圣十字区的大街小巷。可我毕竟小时候就在各种大大小小的上海弄堂里玩耍，我喜欢圣十字区迷宫般的复杂。我在里面绕来绕去，故意走进一些奇怪的巷子，然后彻底迷路。我却不为此犯愁，我们的旅馆就在大教堂旁，只要朝着钟声传来的地方走，一定不会错。那天早上，我走遍了圣十字区，这里是穆里罗的出生地，是西班牙传奇般的修女特雷莎亲手创建的修道院所在，也是华盛顿·欧文客居的地方。可我现在统统不感兴趣，只是到处走走，一会儿走进圣十字区，看看各种庭院和小广场；一会儿走出圣十字区，沿着

神秘感十足的王宫地下浴池

王宫的墙根走，王宫对面的西印度档案馆是塞维利亚文艺复兴式建筑的典型代表，那里收藏着 15 到 19 世纪西班牙在美洲的领地的资料，有 9000 多万张手稿和 7000 多张地图。

圣十字区的人很少，我可以放肆地打量各种细节，一窥庭院（很多已成为旅馆）里的风情。我更可以享受儿时那种从一个巷口出来，然后从另一个巷口进去的乐趣。上海经过几十年的改造，弄堂已经不多了，以单条弄堂居多，大多数已经残破不堪，即便是新华路上所谓的洋房弄堂荟萃之地，除了树木依然挺拔之外，房子基本都老旧了，衰败了。但圣十字区仍然干净漂亮，有着迷人的风韵。我看着布满鲜花的阳台或窗台，想象着里面曾经发生的故事，还是感到好奇。

19 世纪初的德国人写过一首《去塞维利亚》，浪荡子向躲在窗后的姑娘献上一曲动听的咏叹调：

去塞维利亚，去塞维利亚！
那里有高大奢华的建筑，
站在宽阔的马路上，
看着打扮得花枝招展的女生们，
对此，我却并不心动！

去塞维利亚，去塞维利亚！
那里有最后的住所，
邻居们互相友好地打着招呼，
透过窗户看着姑娘，

浇灌这花朵，

啊！这正是我所向往的！

在塞维利亚，在塞维利亚！

我愉快地了解到纯正的房间，

明亮的厨房，安静的房间；在房间里住着我的宝贝，

小门旁，一把锤子闪耀着光芒。

我轻轻地叩门，少女打开了房门！

（《安达卢西亚的幽灵》）

　　我读着这首诗，被它欢快的节奏所打动，啊，记起来了，圣十字区的院子，
那被一夜风雨打落满地的苦橙，到处都是，留着一丝芳香。

第十二章
普拉多美术馆

1

我们在西班牙的最后一站是马德里。马德里周边的城市是我们下一次旅行的目的地。

年轻的时候，我就立下了走遍世界大美术博物馆的志向（各种有特色的小美术馆当然也不放过）。我已经去过巴黎的卢浮宫、蓬皮杜艺术中心；伦敦的大英博物馆和国家画廊；华盛顿的国家画廊；梵蒂冈美术馆；佛罗伦萨的乌菲兹；纽约的大都会；波士顿美术馆；台北故宫博物馆；开罗博物馆……剩下的目标是圣彼得堡的埃尔米塔什、维也纳艺术史博物馆、阿姆斯特丹国家博物馆、慕尼黑美术馆、纽约的古根海姆，还有就是普拉多博物馆。

就像有些人喜欢逐一攀登世界上的高峰一样，我还有一个愿望是看各地的大教堂。但与大教堂相比，美术馆是我的最爱，很早的时候就已经列好了清单，不再变化。因为我人生的一大爱好是阅读美术史，我会注意各种名作的收藏地点，而普拉多美术馆经常会出现。

普拉多美术馆

像公园一样，现代美术馆和博物馆的概念来自于欧洲。第一座公共博物馆是 1793 年对外开放的卢浮宫博物馆，它也成为所有公共博物馆的典范。普拉多美术馆比卢浮宫稍晚，1819 年对公众开放。法西战争结束后，法军撤离，费尔南多七世（Ferdinand Ⅶ of Spain）于 1813 年 12 月重登王位，他将王室收藏放进普拉多博物馆，建设博物馆的资金也来自王室。正如普拉多官方指南所言，在这一点上，普拉多博物馆与卢浮宫明显不同：卢浮宫是在对艺术品的革命热情达到顶点的时候创建的，展品是收归国有的王室财产或从教堂和贵族那里没收的。与此相反，普拉多的展品来自王室收藏。卢浮宫是一座百科全书式的博物馆，里面保存和展示着世界艺术每一个时期、每一个地方、每一种流派和每一种趋势的代表作，而普拉多只有欧洲的画作与雕塑。

普拉多与卢浮宫的不同之处还在于，它不是在拿破仑帝国的阴影下成长起来的，卢浮宫把意大利、希腊、埃及和美索不达米亚的艺术品带到法国。大英博物馆也一样，它们今天仍然面临其他国家追讨国宝的问题。普拉多的诞生源自对艺术的热爱、收藏家的热情以及 15 世纪之后统治西班牙的君主的个人品味。中央美术学院教授李军介绍说，尽管在相当长的一段时间里，欧洲大片区域都处在西班牙的统治下，但是，普拉多的全部杰作仍是特别委托制作，或以购置、礼物或遗产的形式流入西班牙。国王腓力二世迷上了凡·艾克兄弟的《根特祭坛画》，而当时佛兰德斯完全在西班牙的统治下，但他只是委托一个画家照原样复制一份而已。

普拉多对自己的评价：作为世界上最重要的美术馆之一，普拉多既不是大博物馆中最宏伟的，也不是藏品最完整的，但可能是最动人的。里面的藏品可能是最有内涵、最有连贯性的，并不是因为藏品众多，而是由于创建这座博物馆的人的热情和专注所致。

3

普拉多藏品的精髓主要在于西班牙艺术史上的"黄金时代"，即查理五世和他的儿子腓力二世统治下的16世纪西班牙帝国。查理五世陆续收藏了凡·德·维登（Rogier van der Weyden）和凡·艾克兄弟等佛兰德斯大艺术家的作品，还把注意力放在当时首屈一指的国际艺术家、威尼斯画派的代表人物提香的身上。提香为查理五世绘制了两幅杰出肖像画。

提香是与达芬奇、米开朗基罗和拉斐尔并列的文艺复兴时代的意大利大画家，也是个蛮复杂的人物。据说他比较爱钱，而且生财有道。

保罗·约翰逊在《艺术的历史》中评论道："除了达芬奇，提香是当时影响后世画家最深远的艺术家，而他的影响比达芬奇更为直接，因为画家可借由仔细检视他的作品获得启发。但若说绘画是他漫长一生中最看重的事，那有违事实，他最在意的东西是钱，对后世艺术家而言，他向赞助者大敲竹杠的方法大概比他的技法更值得学习。"

提香的最大受益者是西班牙王室，在普拉多，提香的画作多达36件。

美术馆入口

4

腓力二世继承了查理五世的帝国，是从美洲到菲律宾群岛这半个世界的主人，但也是个经常被人议论的"怪人"。《镜子：照出你看不见的世界史》的作者加莱亚诺说腓力二世与秦始皇一样，都是为自己的死亡活着。

按加莱亚诺的理解，秦始皇活着的时候就大建王陵，腓力二世则把他的周末时间都用来参观埃斯科里亚尔修道院（El Escorial）。这座建筑是为国王的永久安息设计的，他的午觉只有在棺材里才睡得最香，他就这样慢慢地习惯死亡。"其他一切都是次要的，他的'无敌舰队'已经战败，国库的财宝箱已为蜘蛛网侵占，只有在自己的陵寝里散步，才能让他忘却这个世界对他的忘恩负义。"（《镜子：照出你看不见的世界史》，广西师范大学出版社，2012年）

不过，腓力二世为普拉多这艘"不沉的无敌舰队"作出了重大贡献，他除了完善父亲查理五世对提香的收藏外，还继承了他对佛兰德斯艺术的品味，最特别的是对博斯（Hieronymous Bosch）画作的收藏。15世纪画家博斯的画充满象征性，今天的观众对他的画作感到新鲜难懂，好像科幻作品。事实上，他也确实影响了20世纪的超现实主义画家。我个人的看法是，博斯的作品要比达利有内涵，人们把博斯的《人间乐园》视作长篇小说，不是夸张，画的内容实在太多，它描绘了一个充满享乐和罪恶的世纪。我在普拉多，原本是想好好看看这幅画的，毕竟印刷品又小又模糊，可是我不好意思冲开前面观摩学生的队伍，时间又有限，只能稍稍看看。腓力二世能在当时看上被认为怪异的博斯的画，也算有眼力，博斯的另两幅代表作《干草车》和《七宗罪》也在普拉多。

腓力二世收藏了另一位受到博斯影响的画家帕提尼尔（Joachim Patinir）的作品。帕提尼尔的作品要比博斯的内容简单，可也很有趣味，像《卡隆渡

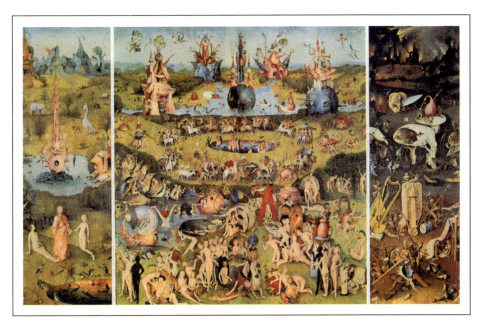

博斯《人间乐园》三联画

过冥河》就很独特。

　　对于同时代西班牙画派的领军人物格列柯，腓力二世也许觉得不合自己的口味，但容忍了，也收藏了他的作品。格列柯是个希腊人，35岁才到西班牙，住在托莱多，他的画极端而杂乱，却深得当地人的喜欢。看看《西班牙史》的作者让·德科拉是如何描述格列柯的："首先是颜色的选择，调色板上只有五种颜色：白、黑、朱红、黄赭、茜红。然而，他善于调配，以至出现了未见过的色彩：胭脂红与浅灰的反差，淡黄色、灰白色、紫红色，暗绿的天空飘浮着磷光闪闪的云彩。构图和人物的组合是多么的奇特！忽而，钉在十字架上的耶稣独自一人被众人抛弃，甚至被他的刽子手抛弃，他们在世界末日的苍穹下逃窜了。忽而，圣母玛利亚或圣约翰在绞刑架下痛得蜷起来。"（《西班牙史》）

帕提尼尔《卡隆渡过冥河》

格列柯最多的作品是宗教画,至今仍被很多有信仰的人推崇。英国作家毛姆却对他的宗教情怀表示怀疑,认为他在当时西班牙如火如荼的宗教运动中保持中立,这个运动对于作为外国人的他而言并无重大意义。腓力二世曾委托格列柯为教堂绘制一幅宗教作品,但国王看后,把它打发进地窖。如今这幅作品成为名作,人们普遍认为是腓力二世出了丑。但毛姆认为这样看待腓力二世不免太苛刻了,腓力二世是个虔诚的天主教徒,格列柯的画确实非常生动,色彩十分鲜明,令旁边的画作黯然失色,但国王知道这并不是一幅宗教画作,不能放在教堂内,理由就是这么简单。

格列柯的这类画作在各大美术馆都有,不仅色彩好认,形式也是瘦长的,像火焰一样往上冲,我在远处就能辨识它们,屡试不爽。

格列柯 《三位一体》

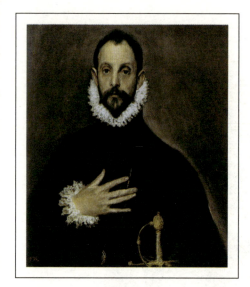

格列柯《手抚前胸的骑士》

这次去普拉多，我注意到格列柯的另一种类型的人物肖像画，典型如《手抚前胸的骑士》，主人公是一名骑士，画面中的剑和人物胸前用细链挂着的勋章可以佐证。画中的人物手抚勋章，仿佛正在宣誓。这是画家早期的作品，带有温暖的自然主义风格和威尼斯画派的色彩，与中后期的宗教画风格有十分明显的差异。

毛姆认为格列柯对他所画的人物毫无兴趣，"尽管这些人出身无比高贵，但看上去却极其愚笨麻木。他们的确如此，黄金时代的西班牙历史就是一段人类所能创造出的极度无能的历史。作为一个敏锐、机智、有教养的希腊人，他很可能对这些优雅绅士们的愚蠢感到不耐烦"（《西班牙主题变奏曲》，上海译文出版社，2014 年）。观点颇为另类。

5

西班牙王室收藏史上另一个高潮随着腓力四世（Philip IV of Spain）的执政而到来，他从1621年到1665年的统治与西班牙艺术的高潮同步。不过，我们一般人今天对国王及王室的了解大多来自伟大的委拉斯凯兹（Diego Velzáquez）的画作。

委拉斯凯兹来自塞维利亚，出身于较下层贵族，受过良好的艺术训练和教育，早慧，18 岁就已是个出色的画家，可谓才华横溢。委拉斯凯兹在塞维利亚的写实主义绘画显露出对下层人民的关怀，如《塞维利亚卖水人》。20多岁的他很快受到国王首席大臣的赏识，并被推荐给腓力四世。委拉斯凯兹从此平步青云，不仅是国王的宫廷画师，而且成为王室总管。

他野心勃勃，要求加入西班牙圣地亚哥骑士会。国王于是提名他为委员，委员会却要求他证明没有摩尔人与犹太人血统，从未经营过营利性画

委拉斯凯兹《腓力四世肖像》

室，从未为赚钱作画。国王倒也爽快，恳请教皇颁布特别诏书，让画师获得爵位。委拉斯凯兹最后奉命到西班牙与法国边界统筹腓力四世与法国国王路易十四的双边会议，国王的公主与路易十四在此举办了婚礼。画家回来不久便感染疾病去世。

我年轻的时候很爱看艺术史，但现在更喜欢作家笔下的绘画评论，因为它们不落俗套。当代荷兰作家赛斯·诺特博姆的《绕道去圣地亚哥》的评论就很精彩：国王"是一个理想破灭的人，无法阻止他所继承的巨大王国逐步解体；他是一个弱者，饱受哈布斯堡人自我怀疑的折磨；他还是一个统治者，认识到自己的不足，把统治国家的重任交到错误的人的手上，比如奥立维尔斯伯爵……传说中他一生中只笑过三次……奢华的蕾丝领因不够庄重已被禁止，国王的领饰形状很像碟子，僵硬的白色，如果你长时间盯着看，好像要把国王的头与身子分开，俨然是错位的餐碟，碟中餐便是国王的头颅"。

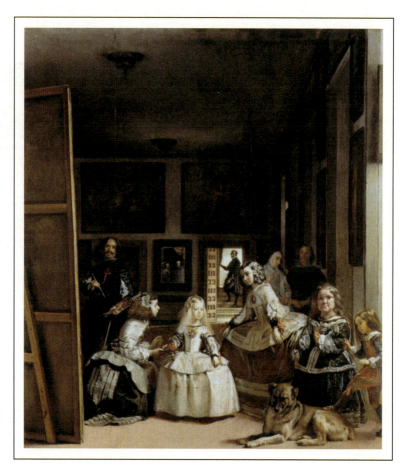

委拉斯凯兹 《宫娥》

6

　　我那天去普拉多，赶巧碰上了委拉斯凯兹特展，第一幅就是名作《教皇英诺森特十世肖像》，委拉斯凯兹的骑士头衔是在这位狡猾的教皇协助下获得的。英国国家画廊的《镜前的维纳斯》没有参展，但我在伦敦已经大饱眼福。最有名的《宫娥》当然也在里面。我无数次看过《宫娥》的印刷品，在原作的面前，我仍然弄不清委拉斯凯兹的意图，很多艺术史家强作解释，表面上过得去，若深究还是问题多多。

　　画中的委拉斯凯兹本人正在创作一幅大型绘画，他比实际年龄年轻（其实快 60 岁了），他身上有勋章之类的物件，我记得耶鲁教授说他正在炫耀那个骑士爵位呢。这个不重要，关键是委拉斯凯兹朝画外看什么？或者说他在画谁？艺术史大家贡布里希说他在画国王和王后，因为画室后墙反射出国王和王后的形象。

小公主玛格丽特（Margaret Theresa of Spain）16 岁成为奥地利女王，22 岁去世。公主两侧各有一宫女，一个给公主端茶点，另一个向画外的国王夫妇行屈膝礼。旁边的两个矮子是供行乐的侏儒。这些人的后面是两个严肃的成年人，好像是在看管他们。在后门处还有一男子，目光模糊，不知如何。

按保罗·约翰逊的看法：整个画面有五个活动层面，三种不同的光线系统。

回到站在一旁的画家，他在画谁，看着谁？有种说法是说委拉斯凯兹的时代，王权旁落，国王夫妇只能靠边站，画家的目光是邀请任何一个观众来到他面前，作为主人公。

7

诺特博姆对《奥地利的玛丽亚娜》的评论最为有趣，主人公是腓力四世的侄女，本来是要嫁给王子的，可惜王子早夭，于是在 1647 年与国王结婚，当时她只有 13 岁。1653 年，委拉斯凯兹为她画像时，她是 19 岁。诺特博姆把这幅画命名为"王后不笑"。

当电视摄制组来拍照时，《奥地利的玛丽亚娜》"突然暴露在 20 世纪的弧光之下，她依然不失与其地位相当的沉着。她面颊过于明亮的红色好像燃烧的火，但她眼里闪烁的精光也随之加强。……这时我意识到这些都是画笔的痕迹，红色中泛起的丝质柔光只是涂上的色彩。我睁着眼睛被骗

委拉斯凯兹《奥地利的玛丽亚娜》

了，我知道真相，但我依然上当"（《绕道
去圣地亚哥》）。

诺特博姆所描述的正是委拉斯凯兹画作
的现代特色，它预示了印象画派的到来。

委拉斯凯兹还绘有不少意味深长的作品。
在普拉多内，《战神》给我印象极深，画中
的战神疲惫沮丧，正在战场沉思，武器和盔
甲丢在脚边，忧郁的眼神注视着观众。据说，
《战神》代表西班牙，一个曾经主宰世界的
国家已经进入漫长的政治和军事衰退期。

委拉斯凯兹《战神》

继提香之后的第二位国际大画家，佛兰德
斯的鲁本斯（Peter Paul Rubens）曾来到西班牙，委拉斯凯兹在他的建议下周
游意大利等地，见识了各路大家的杰作，技艺大进。委拉斯凯兹的楷模鲁本
斯学识渊博，性格又好，让当时欧洲的王宫大臣等无不对他友好相待，他的
社会政治地位远非一般画家所能比拟。他的生活也十分幸福，前后两位妻子
的个性、气质、年龄都不一样，他和她们却都恩恩爱爱，有他的绘画可以作证，
尤其是第二位年轻的妻子福尔曼是他后期许多作品的模特儿，名画《三美神》
的右端一人就是她。以今天的眼光看，她显得太肥胖，但从鲁本斯为她画的
其他肖像画观察，她很是妖娆。

普拉多收藏的鲁本斯作品竟然有 86 件，且不少是名作。

除了集中收藏委拉斯凯兹和鲁本斯的作品，腓力四世还购买英国王室的藏
品。1649 年，英国国王查理一世被处决，他的藏品在伦敦拍卖，腓力四世购买
了 15 世纪的意大利画家曼帖那（Andrea Mantegna）的《圣母之死》、16 世纪

鲁本斯《三美神》

的威尼斯画派大师丁托列托（Tintoretto）的《基督濯足》、德国大师丢勒（Albrecht
Dürer）的《自画像》、威尼斯画派大师韦罗内塞（Paolo Veronese）的《发现摩西》
和拉斐尔的《圣家庭》（《珍珠》）等重要作品。

8

同是塞维利亚的画家，委拉斯凯兹的朋友苏巴朗（Francisco de Zurbarán）却无法受到王室的青睐，委拉斯凯兹也为老朋友出了不少力，可苏巴朗最后只能在塞维利亚谋生。运气差的是，他的竞争对手是穆里罗，画风甜熟，大受客户欢迎。苏巴朗最后只能搬到马德里，但还是穷困而死。苏巴朗是那位意大利绘画奇才卡拉瓦乔（Caravaggio）的继承者，但把卡拉瓦乔的戏剧性用在僧侣等主题上，就有种西班牙特有的神秘主义色彩（按诺特博姆的说法，苏巴朗实际上画的并不是僧侣，他画的是教服和面料）。

毛姆对西班牙神秘主义也很感兴趣，他为此写了一本书，是用很理性的笔法写的。

整个19世纪苏巴朗依然默默无闻，直到某些历史性事件的发生再度让他的同胞想起了他……

苏巴朗《四件容器静物》

当他们最终认识了苏巴朗后，他们一定会发现他是这三个人中最西班牙式的，就像我们普遍认为的那样。他缺乏委拉斯凯兹那种炫目的、洋溢在空气中的璀璨，也缺乏格列柯那种热烈的激情，但他有着其他两人所没有的实在，他具有符合西班牙人自我认知的特性，诚实、庄严、怀有深沉的宗教情感、自尊、坚强……（《随性而至》，上海译文出版社，2011年）

9

毛姆没有提及经典西班牙画派的最后一位大师戈雅（Francisco Goya）。戈雅比委拉斯凯兹和苏巴朗晚了一个世纪，普拉多博物馆于1819年落成时，他还在世，有三幅作品在普拉多展出。从那以后，普拉多开始收购戈雅的作品，不论是王室收藏，还是来自其他地方。普拉多收藏了其近150幅作品以及500张他亲手画的素描，还有多个系列的版画，在数量和质量方面，这都是他的作品最完整的收藏。和委拉斯凯兹一样，不熟悉普拉多收藏的戈雅作品，就不可能了解戈雅，这就是为什么19世纪以来无数艺术家由于痴迷戈雅的作品而被吸引到马德里来。

戈雅的画风基本上可以分成三个时期，早期的作品如《洋伞》《酒鬼》和《佩花的女人》等，画面优雅明媚，无忧无虑，这时他为皇家挂毯厂绘制草图。但在1793年，因化学事故，戈雅受伤，双耳全聋，此后他日益担心自己的健康，焦虑明显加重。他的中期代表作之一是《查理四世一家》，这幅大肖像画是受国王委托而作的，展现了一个宏伟大厅中的13位王室成员：中央，王后玛利亚·露易莎站在一幅描绘西班牙王室神话创始人大力神和女神翁法勒前，她搂着女儿玛利亚·伊莎贝拉公主，手牵最小的公主；查理四世站在右边最前面的位置，他的左边是儿子和继承人费尔南多王子；其他人则是亲王等成员。

画家把自己也画了进去，在中间的左边，从阴影中观
看我们，这是继承委拉斯凯兹的《宫娥》的传统。

普拉多美术馆前的戈雅像

这幅画最大的特点是王室成员实在丑陋和混乱，
画家竟然不加任何修饰，礼服的华丽、绢质、金银色
的刺绣、无数的宝石和勋章的光辉反而显出人物趣味
的低俗。人物的阴影和穿过空间的深层阴影酿出可怕
的气氛，造成不安的、时而是焦虑的氛围，这种气氛
也反映在有的注意力集中、有的漫不经心的人像上。

几乎所有的评论都认为这是戈雅对王室的批判，问题是王室再愚钝，也
不至于将这幅画收为己有，而且堂而皇之地挂在马德里王宫里。普拉多的官
方指南也不认为戈雅是在批判王室，恰恰相反，戈雅是经过深思熟虑的，目
的是为了强调王朝的重要性和西班牙波旁家族的权力。因为波旁王朝的法国
分支在大革命中被消灭了，当时的西班牙政府与拿破仑的关系正处于紧张和
敌对阶段，整个画面色彩丰富、明亮，光线从左边看不见的窗户透进来，产
生了一种非常适合王室肖像画的奢华与庄重。

10

阅读一下让·德科拉对《查理四世一家》的历史境况的分析还是挺有趣的。

首先，查理四世的相貌与他的表兄弟——苦命的路易十六有得一比，比
如农夫式的宽肩、波旁家族的鼻子、肥厚的下巴、柔软的嘴唇，而且性格也
很相似：优柔寡断、软弱无能和天真烂漫。查理没有其他嗜好，仅仅酷爱打猎、
钟表和美食，他对女人不感兴趣，大概这就是为什么他是宫中唯一不了解不
幸的人，他还直夸妻子是多么贞洁。

玛利亚·路易莎王后，深陷的眼睛、猛禽的脑袋、细长的脖子，而胳膊很美，一双贵族的手——这是她唯一的美丽之处，其他方面就不行了。法国外交使节对她的评论是："没有哪个女人比她撒谎时更加自信，阴险恶毒更不外露！年已五十，她还自负和卖弄风情……"（《西班牙史》）王后的宠儿是戈多伊，25岁不到就当了首相，却对法国轻启战端，被拿破仑击败，丢失了马德里。

　　王子费尔南多在军队和贵族的支持下逼迫查理四世退位，但最后父子两人都被隐退法国，西班牙王位由拿破仑的兄长约瑟夫·波拿巴接任。

11

　　戈雅的《裸体的玛哈》与《穿衣的玛哈》在比较僻静的地方并排悬挂。玛哈在西班牙语中的意思是爱打扮的人，在《裸体的玛哈》中，她的眼光直勾勾地看着你，比赤裸的身体还要率直。

但由于两百年来类似的画面太多太多，我们不再感动和感到震撼。

围绕着它们的故事很多，《裸体的玛哈》几乎肯定是戈多伊委托的，他是戈雅坚定的赞助人。《裸体的玛哈》是戈雅唯一一幅裸体作品，当时这类画被西班牙宗教法庭明令禁止。戈多伊倒台后的没收清单中还有两幅裸体作品，一幅当时被认为是提香的作品，另一幅就是在伦敦国家画廊里的委拉斯凯兹的《镜前的维纳斯》，它们都是阿尔巴公爵夫人送给戈多伊的。这位裸体的玛哈究竟是谁，有人认为就是公爵夫人，但戈雅绘制的公爵夫人肖像今天还在，一点都不像。还有人认为是戈多伊的情人。1815 年，宗教法院传唤戈雅，让他透露她是谁以及作画的动机，不过戈雅的回答没有记录在案。

戈雅的后期作品突然变得阴暗，主题都是罪恶、恐怖、无知和死亡，对 20 世纪的现代派影响巨大。我年轻的时候也喜欢这些作品，这次去普拉多，一下子认出了它们，但心境变化很多，有些陌生了。

戈雅《裸体的玛哈》

戈雅《穿衣的玛哈》

　　唯一没变的是，我看完画，走进普拉多餐厅，就拿起大块的三明治狼吞虎咽，这是我平日最不想吃的东西。我 14 年前第一次去卢浮宫，出来直奔牛排店，一大块牛排也是轻松吃完。遗憾的是，几个小时后，我坐在马德里上等的餐厅里，看着火腿鹅肝等料理，竟然无法消受。

马德里机场

参考书目

1. [法]让·德科拉：《西班牙史》，管震湖译，商务印书馆，2003 年。

2. 日本大宝石出版社：《西班牙》，桂侗译，中国旅游出版社，2009 年。

3. 澳大利亚 Lonely Planet 公司：《西班牙》，生活·读书·新知三联书店，2010 年。

4. 新加坡 APA 出版有限公司：《西班牙》，李萍译，中国水利水电出版社，2004 年。

5. 英国 DK 公司：《西班牙》，任淑杰译，中国旅游出版社，2009 年。

6. Fodor's 编写组：《西班牙》，王华、易厚萍译，电子工业出版社，2013 年。

7. 彭欣乔：《西班牙玩全指南》，中国旅游出版社，2009 年。

8. [英]贾尔斯·特雷穆莱特：《西班牙之魂》，李静、梅莹、谢珺译，南京大学出版社，2013 年。

9. 《安东尼·高迪作品全集视觉导览》，西班牙 DOSDEARTE 出版，2013 年。

10. 《神圣家族宗座圣殿视觉导览》，西班牙 DOSDEARTE 出版，2013 年。

11. 《奎尔公园视觉导览》，西班牙 DOSDEARTE 出版，2013 年。

12. 《奎尔公园完全游览手册》，西班牙 DOSDEARTE 出版，2011 年。

13. 亚茨·莫易斯:《巴塞罗那:高迪的城市》,西班牙特朗格勒画册出版,2012年。

14. 澳大利亚 Lonely Planet 公司:《巴塞罗那》,生活·读书·新知三联书店,2008年。

15. 徐芬兰:《高迪的房子》,河北教育出版社,2003年。

16.《高迪》,西班牙 ESCUDO DE ORO 出版,2013年。

17. [韩]崔度星:《一个人出去走走,就像旅行——西班牙》,郭舜豪译,北京理工大学出版社,2013年。

18. [英]毛姆:《西班牙主题变奏曲》,李晓愚译,上海译文出版社,2014年。

19. [英]毛姆:《随性而至》,宋金译,上海译文出版社,2011年。

20.《普拉多博物馆参观指南》,普拉多博物馆,2012年。

21. [德]哈罗德·因伯格:《安达卢西亚的幽灵》,徐凌飞译,江苏人民出版社,2012年。

22. [美]华盛顿·欧文:《阿尔罕伯拉》,万紫、雨宁译,上海文艺出版社,2008年。

23. [美]华盛顿·欧文:《征服格拉纳达》,刘荣跃译,上海文艺出版社,2010年。

24. 张铠:《中国与西班牙关系史》,五洲传播出版社,2013年。

25. [英]伯纳德·路易斯:《中东:自基督教兴起至二十世纪末》,郑之书译,中国友谊出版公司,2012年。

26.《给小朋友听的阿尔汉布拉宫故事》,西班牙 Miguel Sanchez 出版社,2013年。

27.《给小朋友听的塞维利亚王宫》，西班牙 Miguel Sanchez 出版社，2013 年。

28.《给小朋友听的科尔多瓦清真寺》，西班牙 Miguel Sanchez 出版社，2013 年。

29.费尔南多·奥尔梅多：《格兰纳达》，西班牙 Aldeasa 出版社，2007 年。

30.费尔南多·奥尔梅多：《塞维利亚》，西班牙 Aldeasa 出版社，2006 年。

31.《阿尔罕布拉宫和赫内拉斯菲御花园》，西班牙 Miguel Sanchez 出版社，2009 年。

32.[德]赫尔曼·奈克法斯：《鲁本斯画传》，李炳慧译，北京大学出版社，2011 年。

33.[西]芭芭拉·塞加利：《西班牙与葡萄牙园林》，张育楠、张海澄译，中国建筑工业出版社，2006 年。

34.[美]艾哈迈德·阿克巴：《今日伊斯兰》，冶福东译，甘肃民族出版社，2013 年。

35.《漫步阿尔汉布拉宫》，西班牙 EDILUX 出版社，2011 年。

36.[荷]塞斯·诺特博姆：《绕道去圣地亚哥》，刘林军译，花城出版社，2007 年。

37.[德]马库斯·海特斯坦、彼得·德利乌斯：《伊斯兰：艺术与建筑》，中铁二院工程集团有限责任公司译，中国铁道出版社，2012 年。

38.[乌拉圭]爱德华多·加莱亚诺：《镜子：照出你看不见的世界史》，张伟劼译，广西师范大学出版社，2012 年。

39.蔡倩玟：《欧洲美食考》，人民邮电出版社，2011 年。

40.新加坡 APA 出版有限公司：《欧洲大陆》，刘列励、尤舒译，中国水利水电出版社，2002 年。

41. [英] 德尼兹·加亚尔、[法] 贝尔纳代特·德尚：《欧洲史》，蔡鸿滨、桂裕芳译，海南出版社，2011 年。

42. [美] 拉塞尔·雅各比：《杀戮欲》，姚建彬译，商务印书馆，2013 年。

43. [美] 阿兰·雅各布斯：《伟大的街道》，王又佳、金秋野译，中国建筑工业出版社，2012 年。

44.《普拉多博物馆指南》，普拉多博物馆，2009 年。

45. [美] 乔纳森·莱昂斯：《智慧宫：阿拉伯人如何改变了西方文明》，刘榜离、李洁、杨宏译，新星出版社，2013 年。

46. 陈方正：《继承与叛逆：现代科学为何出现于西方》，生活·读书·新知三联书店，2009 年。

47. 林莹、毛永年：《欧洲浪漫美食之旅》，上海科学普及出版社，2008 年。

48. 林莹、毛永年：《欧洲经典美食游》，上海科学普及出版社，2008 年。

49. 光复书局编辑部：《普拉多美术馆》，外文出版社，1999 年。

50. 光复书局编辑部：《维亚纳艺术史博物馆》，外文出版社，1999 年。

51. [法] Jeannine Baticle：《戈雅：铁血金贵的画家》，吴骊译，上海译文出版社，2004 年。

52. [英] 温迪·贝克特：《温迪嬷嬷的大旅行》，辽宁教育出版社，2002 年。

53. [英] 温迪·贝克特：《绘画的故事》，生活·读书·新知三联书店，2001 年。

54. [英] 阿兰·德波顿：《哲学的慰藉》，资中筠译，上海译文出版社，2004 年。

55. [英]贡布里希:《艺术的故事》,范景中、杨成凯译,广西美术出版社,2011 年。

56. [英]保罗·约翰逊:《艺术的历史》,黄中宪等译,上海人民出版社,2008 年。

57. [以]尼凯米亚·罗森伯格:《犹太人为什么成功》,杨晨光译,天津教育出版社,2013 年。

58. 赖建诚:《经济史的趣味》,浙江大学出版社,2011 年。

59. 费尔南德·卡德罗等:《维亚纳庭院:跨越 5 个世纪、12 座庭院以及无穷的感觉》,西班牙 Fundacion Cajasur,2012 年。

60.《科尔多瓦大清真寺》,西班牙 ESCUDO DE ORO,2014 年。

61.《科尔多瓦》,西班牙 ESCUDO DE ORO,2014 年。

62.《马拉加》,西班牙 ESCUDO DE ORO,2014 年。

63. 杨新:《故宫联匾导读》,故宫出版社,2012 年。

64. 赵广超:《大紫禁城——王者的轴线》,紫禁城出版社,2008 年。

65. [英]亚瑟·瑞格斯:《提香,他的辉煌和威尼斯时代》,尚垒译,北京大学出版社,2010 年。

66. Globe Trekker 丛书编辑部:《玩转地球之西班牙》,龙门书局,2012 年。

67.《格拉纳达大教堂》,西班牙 P&M 出版,2003 年。

68. [法]蒙田:《蒙田随笔全集》,马振骋译,上海书店出版社,2009 年。

69. [美]艾米·蔡:《大国兴亡录》,刘海青、杨礼武译,新世界出版社,2013 年。

70. 郭廷以:《近代中国的变局》,九州出版社,2012 年。

71. [墨] 卡洛斯·富恩特斯:《被埋葬的镜子：对西班牙和新世界的反思》，Mariner Books，1999 年。

72. [英] 洛瑞·李:《给冬天的一支玫瑰》，Vintage，2003 年。

图书在版编目（CIP）数据

安达卢西亚的雨巷 / 张志雄著 . -- 上海：上海文化出版
社 , 2022.1
　　（志雄走读）
　　ISBN 978-7-5535-2381-1

　　Ⅰ . ①安… Ⅱ . ①张… Ⅲ . ①游记 – 西班牙 Ⅳ .
① K973.19

中国版本图书馆 CIP 数据核字 (2021) 第 186016 号

出 版 人：姜逸青
责任编辑：葛秋菊
特约编辑：萧　亮　　周　艳
版面设计：[法] Valerie Barrelet
封面设计：王　伟
责任监制：刘　学

书　　名：安达卢西亚的雨巷
著　　者：张志雄
出　　版：上海世纪出版集团 上海文化出版社
地　　址：上海市闵行区号景路 159 弄 A 座 3 楼 201101
发　　行：上海文艺出版社发行中心 www.ewen.co
　　　　　上海市闵行区号景路 159 弄 A 座 2 楼 201101
印　　刷：鸿博昊天科技有限公司
开　　本：710mm × 1000mm 1/16
印　　张：20
版　　次：2022 年 1 月第 1 版 2022 年 1 月第 1 次印刷
书　　号：ISBN 978-7-5535-2381-1/I.921
定　　价：96.00 元

如发现本书有印装质量问题请联系印刷厂质量科 电话：010-87563888